NADA

PAR

CHARLES GUYOT

Capitaine d'artillerie.

Chacun fait ce qu'il peut !
(PROVERBE.)

TOULOUSE

IMPRIMERIE DE CHAUVIN ET FEILLÈS,

Rue Mirepoix, 3.

—

1854.

NADA.

NADA

PAR

CHARLES GUYOT

Capitaine d'artillerie.

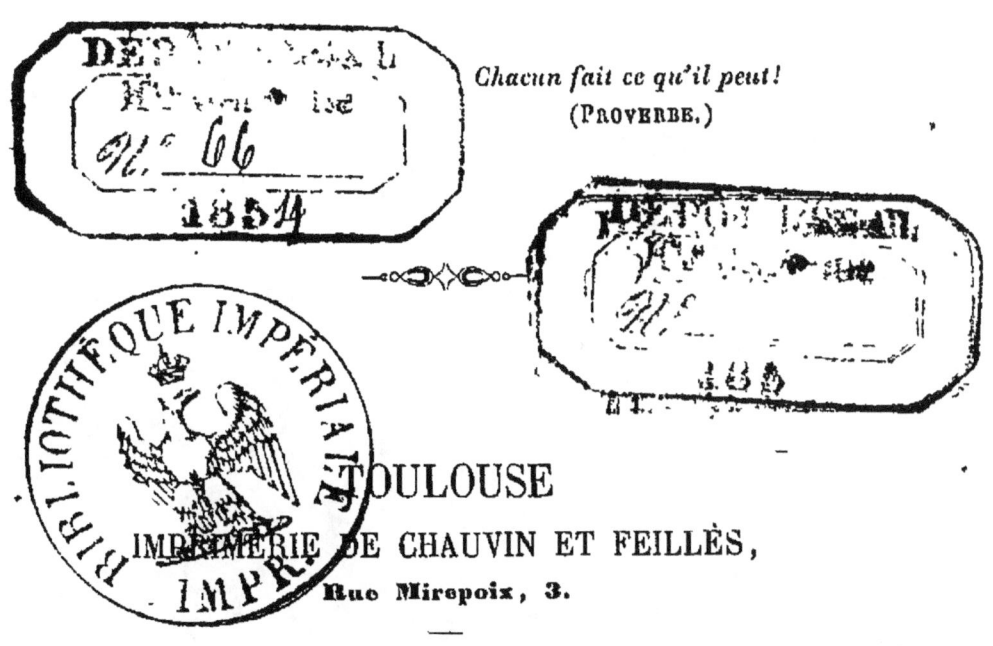

Chacun fait ce qu'il peut!
(PROVERBE.)

TOULOUSE

IMPRIMERIE DE CHAUVIN ET FEILLÈS,
Rue Mirepoix, 3.

—

1854.

J'offre ces vers, non pas au public, Dieu m'en garde! mais à un petit nombre de personnes qui m'honorent de leur amitié. Ils sont le résultat de quelques heures de liberté, le fruit de quelques instants de loisir.

Mais comment qualifier cette imprudente tentative? Quel nom, quel titre donner à ces faibles essais? Ce n'est pas un ouvrage, ce n'est pas même un livre! C'est....... peu de chose! c'est presque rien! rien!...... *Nada*, comme disent les Espagnols...... Voilà mon titre justifié.

A MES AMIS.

CHANSON.

> Nunc est bibendum, nunc pede libero
> pulsanda tellus.
> > HORACE.

> Mes bons amis, voulez-vous dans la joie
> Passer quelques instants sereins?....
> Buvez un peu; c'est dans le vin qu'on noie
> L'ennui, l'humeur et les chagrins.
> > BÉRANGER.

Amis que la gaîté rassemble,

Prenez la coupe des festins,

Versez toujours, buvons ensemble;

Buvons,.... le vin dissipe les chagrins!

Quand le bon Horace et Pompée [1],

Près de l'eau, sur l'herbe étendus,

D'un vin vieux, dans leur coupe usée,

Faisaient mousser l'excellent jus ;

Ravis de se voir tête-à-tête,

Et de choquer leur verre plein,

Ils s'écriaient : Honneur au vin de Crète,

Buvons, chantons notre joyeux refrain :

Amis que la gaîté rassemble,

Prenez la coupe des festins,

Versez toujours, buvons ensemble ;

Buvons,.... le vin dissipe les chagrins !

Le flatteur, à force d'adresse,

Se pousse auprès du souverain ;

(1) Le Pompée dont il est ici question n'est pas le fameux capitaine, le rival en gloire de César, mais un soldat, ami d'Horace, qui se trouvait avec lui à la bataille de Philippes.
(Voir l'Ode *ad Pompeium*).

Loin de nous pareille bassesse !

Nous ne flattons que le bon vin ;

A compter son or, dans les veilles,

Lorsque l'avare use ses yeux,....

Nous veillons, nous, pour compter nos bouteilles,

Et répéter notre refrain joyeux :

Amis que la gaîté rassemble,

Prenez la coupe des festins,

Versez toujours, buvons ensemble ;

Buvons,.... le vin dissipe les chagrins !

Tandis que la liqueur vermeille

Mousse et pétille sous nos yeux,

Assis à l'ombre de la treille,

Nous redisons des chants joyeux ;

Et pendant qu'au sein de la guerre,

Tout est tumulte, cris, douleur,....

Nous, francs buveurs, armés d'un large verre,

Loin du danger, nous répétons en chœur :

NADA.

Amis que la gaîté rassemble ,

Prenez la coupe des festins,

Versez toujours , buvons ensemble ;

Buvons ,.... le vin dissipe les chagrins !

Montpellier, juillet 18'....

LE VIEUX SINGE ET SON FILS.

FABLE.

> Pourquoi quittaient-ils la rivière ?
> Pourquoi? Je le sais trop, hélas !
> C'est qu'on se croit toujours plus sage que sa mère ;
> C'est qu'on veut sortir de sa sphère ;
> C'est que,...., c'est que.... je ne finirais pas.
>
> **FLORIAN.**

Un vieux singe à son fils disait : Il faut me croire,

Mon fils, j'ai beaucoup vu, beaucoup appris aussi,

Et je puis, pour t'instruire, au fond de ma mémoire,

Trouver facilement mille faits à l'appui.

J'en prends un seul ; écoute : Un jeune écervelé,

Un sapajou (1), dit-on, avec sa gouvernante,

Se promenait un jour. En côtoyant un pré,

Il avise, au milieu de l'herbe verdoyante,

Un tronc d'arbre. Aussitôt l'enfant de s'écrier :

Ma bonne, sur ce tronc, je me veux reposer;

Le vois-tu pas là-bas couvert d'herbe et de mousse?...

Il s'élançait déjà.... La vieille le repousse :

Où courais-tu, mon fils? Ce tronc est un serpent

Engourdi par le froid!.... Le téméraire enfant

De railler aussitôt.... Mais, sotte que vous êtes,

Pour voir plus clairement, mettez donc vos lunettes !...

Et de nouveau l'enfant s'élance vers l'objet,

L'atteint, s'assied, s'endort; mais, pendant le trajet

De la vieille au marmot, le serpent se réveille

(1) Les sapajous sont des singes américains, à queue nue et calleuse à l'extrémité. Cette queue peut s'enrouler comme un doigt sur les corps que l'animal veut saisir. M. Geoffroy Saint-Hilaire les nomme encore hélopithèques ou singes de marais (ελος, marais; πιθηξ, singe).

Sous la chaleur du corps de l'enfant qui sommeille ;
Il se redresse, il siffle, et de mille replis
Enlace l'imprudent, dont quelques faibles cris
Semblent demander grâce au terrible reptile !....

Cette leçon, mon fils, à tous peut être utile !....
Elle prouve qu'il faut toujours obtempérer
Aux conseils des vieillards ; et que les mépriser
Se voit souvent chez la jeunesse,
Mais ne dénote pas une grande sagesse !....

Montpellier, août 184....

LE DÉPART

DES BATTERIES DE MONTAGNE POUR LES PYRÉNÉES. [1]

CHANSON

Sur l'air . *Conscrits, au pas.*

Des siècles entends-tu la voix ?
Honneur aux enfants de la France !

UN VIEUX MARÉCHAL–DES–LOGIS AUX JEUNES CANONNIERS.

Vous allez entrer en campagne,

Vous verrez l'Ebre et le Douro ;

(1) En 1841, il fut organisé à Valence, dans le 14ᵉ régiment d'artillerie (colonel Mariez), deux batteries de montagne; on les disait destinées à franchir les Pyrénées. Ce départ n'eut pas lieu.

Vous allez soumettre l'Espagne,

Et triompher d'Espartero ;

Marchez de victoire en victoire,

Que vos drapeaux, jeunes guerriers,

Reviennent tout couverts de gloire (*bis*) !

    Chargez, chargez

    Vos obusiers,

    Vos obusiers,

    Fiers canonniers ;

Chargez, chargez, chargez, chargez !

Sur les enfants de l'Ibérie,

Pointez avec soin le canon ;

Plus d'un Français perdit la vie

Victime de leur trahison.

Sur leur plage inhospitalière,

Nous avons cueilli des lauriers...

Chacun de vous vaut bien son père. (*bis*) !

    Chargez, chargez

    Vos obusiers,

Vos obusiers,

Fiers canonniers ;

Chargez, chargez, chargez, chargez !

A voir vos naissantes moustaches ,

On craindrait pour votre valeur;

Dans vos rangs serait-il des lâches ?...

Quelqu'un de vous aurait-il peur?....

Mais non , votre mine guerrière

Présage vos futurs lauriers....

Marchez gaîment à la frontière (*bis*) !

Chargez , chargez

Vos obusiers ,

Vos obusiers ,

Fiers canonniers ;

Chargez , chargez , chargez , chargez !

Enfants, les héros de notre âge

Dorment en foule au Panthéon ;

Dans l'Europe est-il une plage

Qui n'ait pas vu Napoléon?....
De notre gloire militaire,
Vous de venez les héritiers....
Plantez partout votre bannière (*bis*) ! ! !
    Chargez , chargez
    Vos obusiers,
    Vos obusiers,
    Fiers canonniers ;
Chargez, chargez, chargez, chargez !

            Valence, avril 184....

A LA GÉNÉRATION PRÉSENTE.

C'est au ciel qu'est le tribunal !,...
C'est au ciel qu'est le juge !...
Duchesse d'ABRANTÈS.

. ... Et iterùm venturus est cum
gloriâ judicare vivos et mortuos.
CREDO.

Riches, que le luxe environne,

Quand vous trouvez un mendiant

Qui vous demande en suppliant

Un peu de pain, faites l'aumône ;

Donnez, donnez, car le Seigneur

Vous tiendra compte de l'offrande ;

Donnez au pauvre qui demande....
La charité porte bonheur !
Dans le grand livre des décrets,
Un jour, quand finiront les âges,
Chaque mortel aura deux pages :
Dans l'une, on lira ses bienfaits ;
Avec le nom de ses victimes,
L'autre dévoilera ses crimes !

Vers le désordre, vers la guerre,
Par une folle ambition,
Vous poussez nation sur nation,
Conquérants !.... Mais, sur cette terre,
Aucun de vous n'est immortel....
Un jour, ici, tout doit s'éteindre ;
Mais Dieu saura bien vous atteindre.
Votre tribunal est au ciel !...
Dans le grand livre des décrets,
Un jour, quand finiront les âges,
Chaque mortel aura deux pages :

Dans l'une , on lira ses bienfaits ;
Avec le nom de ses victimes ,
L'autre dévoilera ses crimes !

Par la plus noire hypocrisie ,
Vous dont le cœur est corrompu ,
Sous les dehors de la vertu ,
Qui cachez une âme avilie :
Innocence , beauté , candeur .
Vous livrez tout à l'infamie,
Libertins !... Votre perfidie
Aura pour juge un Dieu vengeur !...
Dans le grand livre des décrets ,
Un jour, quand finiront les âges ,
Chaque mortel aura deux pages :
Dans l'une, on lira ses bienfaits ;
Avec le nom de ses victimes ,
L'autre dévoilera ses crimes !

Tyrans , quelle est votre démence ?...

De vos sujets libres et fiers,
Pourquoi charger les mains de fers?...
Savez-vous quelle est la vengeance
D'un peuple aigri par le malheur?...
Quand il a crié : Mort aux traîtres !
Tout est brisé, trônes et maîtres...
Alors vient le tour du Seigneur !...
Dans le grand livre des décrets,
Un jour, quand finiront les âges,
Chaque mortel aura deux pages :
Dans l'une, on lira ses bienfaits;
Avec le nom de ses victimes,
L'autre dévoilera ses crimes !

Car la vengeance populaire
N'est que le triste avant-coureur
Des châtiments que le Seigneur
A réservés, dans sa colère,
Aux rois cruels, aux oppresseurs !...
Terrible sera sa justice

Pour vous, dont l'aspect du supplice
Ne fit jamais couler les pleurs !...
Dans le grand livre des décrets,
Un jour, quand finiront les âges,
Chaque mortel aura deux pages :
Dans l'une, on lira ses bienfaits ;
Avec le nom de ses victimes,
L'autre dévoilera ses crimes !

Ministres d'un Dieu de justice,
Prêtres, levez les yeux au ciel ;
Voyez le Fils de l'Eternel
Pour nous se traîner au supplice !...
Plus d'anathèmes, plus de cris,
Pardonnez !... Le Fils de Marie,
A l'heure de son agonie,
Priait pour tous ses ennemis !...
Dans le grand livre des décrets,
Un jour, quand finiront les âges,
Chaque mortel aura deux pages :

Dans l'une, on lira ses bienfaits ;
Avec le nom de ses victimes,
L'autre dévoilera ses crimes !

Devant vos tribunaux augustes,
Quand on conduit un accusé,
Quel est son crime ? A-t-il tué ?...
Est-il innocent ?... Soyez justes...
Avant d'argüer sur son sort,
Juges, pesez les circonstances ;
Sondez, sondez vos consciences
Avant de prononcer la mort !
Dans le grand livre des décrets,
Un jour, quand finiront les âges,
Chaque mortel aura deux pages :
Dans l'une, on lira ses bienfaits ;
Avec le nom de ses victimes,
L'autre dévoilera ses crimes !

Femme, ici-bas, ton ministère

Est tout amour , douceur , bonté ;

Ton rôle est tout fidélité....

Malheur à la femme adultère !...

De ton époux , crains le mépris !...

Crains le mépris de ta famille !...

Tremble au déshonneur de ta fille ,

Tremble au déshonneur de ton fils ! ! !...

Dans le grand livre des décrets ,

Un jour, quand finiront les âges ,

Chaque mortel aura deux pages :

Dans l'une , on lira ses bienfaits ;

Avec le nom de ses victimes ,

L'autre dévoilera ses crimes !

A peine au début de la vie ,

Pourquoi cet air triste et rêveur ?...

Jeune homme , la main du malheur

Sur toi s'est-elle appesantie ?...

As-tu souffert ? beaucoup pleuré ?

Ce front plissé , ce front livide ,

Que rêve-t-il ?... Le suicide....
Triste fruit de l'oisiveté !
Dans le grand livre des décrets,
Un jour, quand finiront les âges,
Chaque mortel aura deux pages :
Dans l'une, on lira ses bienfaits ;
Avec le nom de ses victimes,
L'autre dévoilera ses crimes !

Soldat, j'admire la vaillance,
Mais j'honore la loyauté.
Quand un ennemi désarmé
Tombe en tes mains, que ta clémence
Vienne en aide au pauvre exilé !
Prends la moitié de sa misère ;
Tout homme ici-bas est ton frère,
Tout homme a droit à ta pitié !
Dans le grand livre des décrèts,
Un jour, quand finiront les âges,
Chaque mortel aura deux pages :

Dans l'une , on lira ses bienfaits ;
Avec le nom de ses victimes,
L'autre dévoilera ses crimes !

                       Valence , mai 184 ...

L'ARAGONAISE. [1]

... Oh ! qui n'a pas aimé d'Espagnole
ne connaît du bonheur que le nom.

A. BENLEVIS.

Sultan Salech est solitaire

Depuis qu'au sérail , un corsaire

A jeté de nouvelles fleurs ;

Car ses yeux ont vu l'Espagnole.

Il en est fou, c'est son idole ;...

Mais elle rit de ses douleurs.

(1) Cette pièce de vers a été mise en musique par M. B....
de Carcassonne.

O ravissante Aragonaise,
Je t'aime plus que la Française
Dont les deux yeux sont des éclairs !
Je t'aime plus que la Créole
Qui m'aime tant et qui raffole
Des doux parfums, des doux concerts.

Sois ma sultane, sois ma reine !
Je t'aime plus que l'Italienne
Au regard si voluptueux,
Lorsque, prenant sa mandoline,
Avec sa voix, sa voix divine,
Elle chante son amoureux !

Je t'aime plus que l'Andalouse,
Qui, belle, et de ses sœurs jalouse,
Veut toujours le premier baiser ;
Je t'aime plus que la Persane,
Superbe rose qui se fane ;
Car le sultan ne peut l'aimer....

Vois-tu la Juive au sein d'albâtre?...
Mon cœur pour elle ne peut battre
Quand tu reposes près de moi ;
Vois-tu la fière Circassienne
Avec ses longs cheveux d'ébène?...
Elle n'est rien auprès de toi !...

Aragonaise, ma mignonne,
Prends mon royaume et ma couronne ;
Mais donne-moi ta main, ton cœur ;
Aime le sultan, ma sultane ;
Mais aime-le mahométane....
—Jamais !... fit-elle avec horreur !...

Lyon, juin 184..

1.

BOUTADE.

.... Nostre nation est de long-temps
reprochée de ce vice ; car Salvianus Massi-
liensis, qui estoit du temps de Valentinian,
dict « qu'aux François le mentir et se parju-
rer n'est pas vice, mais une façon de parler. »
                        MONTAIGNE.

Rien de plus hâbleur qu'un Français !...

Les Athéniens , je vous le jure ,

Quoique bavards outre mesure ,

De nous n'approchèrent jamais.

Le Français connaît tout, sait tout, il a tout vu ;

Il a parcouru tout le globe ,

Il faut qu'il mente, il faut qu'il daube...

Parlez-vous de vins?... Il a bu

D'abord tous ceux qu'on fait en France,

Puis tous ceux de l'Europe, enfin du monde entier.

Que dis-je? au fort de sa jactance,

Il ne craint pas de publier,

Qu'un jour, dans certaine contrée,

Dans un pays perdu, dans une île éloignée,

Il but un vin des plus exquis...

Or, notez qu'il n'en vint jamais dans ce pays!...

Si l'on parle chefs-d'œuvre, ou beaux-arts, ou merveilles,

Il a vu, dira-t-il, des choses sans pareilles;

Il a vu des débris de tous les monuments;

Il porta mille fois vers eux ses pas errants!...

Cathédrales, palais, colonnes et statues,

Qui gisent sur la terre ou pointent vers les nues,

Obélisques, tours, ponts, aiguilles, chapiteaux,

Il a tout ranimé sous l'art de ses pinceaux!...

Bref, il sait tout par cœur : les beaux-arts, la sculpture

Et tous les grands sujets traités par la peinture!

Mais, à mes yeux, voici le cachet du hâbleur :
Pour peu que sur vos traits il lise de candeur,
S'il vous trouve crédule et, comme on dit, bonasse,
Il va vous affirmer qu'il a vu sur la place
(Il s'agit d'Orléans) le marbre vivifié
Offrant aux yeux ravis cette vierge immortelle
Que, de nos jours encore, on nomme la p......,
Tenant sur son bras droit (sa parole d'honneur !...),
Tenant son nouveau-né pressé contre son cœur !...

. . . .
. . . .

Souffrez, ami lecteur, souffrez que je me taise ;
Je n'irai pas plus loin pour soutenir ma thèse ;
Car si je tenais fort à démontrer mon point,
Les exemples, mon Dieu ! ne me manqueraient point.
Mais prouver que j'ai tort est chose mal aisée :
Or donc, pour résumer en deux mots ma pensée,
Je dis que le Français, s'il est homme de cœur,
Est avant tout léger, vaniteux et hâbleur !...

                                        Lyon , juillet 184...

A Mme AMABLE TASTU. [1]

J'aime ta poésie, aimable Marceline !
Elle me parle à moi, car mon âme est chagrine.

A. CAVEL.

Jamais à mon oreille,
Harpe ou lyre pareille
N'enchanta ces déserts.

A. DE LAMARTINE.

L'ÉTRANGER AUX POÈTES RÉUNIS.

— Plus de chants gracieux ! plus d'aimables sourires !
Pourquoi ce deuil ? D'où vient que sur toutes vos lyres

(1) Mme Tastu avait formé le projet de vivre dans la soli-
tude. L'arbre poétique était menacé de perdre un de ses rameaux
les plus gracieux, les plus fleuris.

Le vent agite un crêpe? Amis, pourquoi vos cœurs
Me semblent-ils brisés? Dites-moi vos douleurs...
D'où vient?... Mais qu'aperçois-je entre ces deux colonnes?
Ce luth orné de fleurs, entouré de couronnes,
Dites, amis?...

PREMIER POÈTE.

.... Ce luth, il chanta la vertu;
Il ne vibra jamais sans émouvoir notre âme..
Ce luth est celui d'une femme,
C'est le luth d'Amable Tastu!...

DEUXIÈME POÈTE.

Elle nous a quittés, nous, ses amis, ses frères,
Pour errer sur les monts, dans les bois solitaires!
C'est ce qui cause, ami, notre deuil, nos douleurs.
Ingrate! nous priver de tes chants séducteurs!
Tu brillais parmi nous, comme au haut de la nue

L'astre éclatant qui charme et réjouit la vue ;
On l'admire... O douleur ! Quoi ! déjà disparu?...
Ainsi tu disparus comme l'astre rapide,
    Laissant dans nos rangs un grand vide...
    Il manquait Amable Tastu !

TROISIÈME POÈTE.

Oh ! laisse-toi toucher... Reviens, femme poète,
On a soif de tes chants ! Viens, le combat s'apprête ;
Nos mains tressent déjà, pour le front des vainqueurs,
Les rameaux de lauriers, les couronnes de fleurs ;
Entends-tu ces clameurs? Ce nom, ce nom de femme,
C'est le tien... Hâte-toi, l'arène te réclame ;
Cède à nos vœux, arrive, et tout sera vaincu...
Qui voudrait te combattre? Est-il un téméraire?...
    Accours, ma lyre sera fière
    De chanter Amable Tastu !

Toulouse, février 184...

LA TERREUR.

VERGNIAUD : Je ne crois plus à cette
déesse qui vient au milieu des hommes les
mains pleines de bienfaits, mais à cette
furie qui les enivre et qui les dévore.
L'appelez-vous la liberté?.....

.... Procuste avait un lit de fer, à la
mesure duquel il assujettissait tous les
voyageurs, en disloquant les plus petits,
en mutilant les plus grands. Ce tyran
croyait comprendre fort bien l'égalité......

...... Quelle fraternité, grand Dieu, que
celle d'Abel et de Caïn !........

C. NODIER.

Après quatre-vingt-neuf, par un sublime effort,
Pendant que nous brisions les fers de la patrie,
Que tombait sous nos coups l'infâme tyrannie,
On rêvait, quel opprobre ! un instrument de mort....

Et déjà tout faisait pressentir l'anarchie!...

« Où ferons-nous asseoir l'auguste Liberté?

» Lui ferons-nous porter le sceptre et la couronne?

» Faudra-t-il, disait-on, la placer sur le trône?

» Chasserons-nous, enfin, l'inique royauté? »

Ah! votre Liberté n'a pas besoin d'hermine;

Pour trône, donnez-lui la sanglante machine,

Le hideux échafaud rouge de sang humain!...

Pour glaive,... le couteau qu'inventa Guillotin...

    A bas l'infâme guillotine!!!...

Sur cet affreux autel, que de sang a coulé!

Que de sang noble et pur versé par l'injustice!

Un seul mot, un regard condamnait au supplice;

Et le peuple criait : « Vive la liberté!

» Plus de rois, plus d'abus, le jour de la justice

» Brille d'un pur éclat; vive l'égalité!... »

Peuple ingrat et frivole, ingrate République!

Aujourd'hui des lauriers, la couronne civique,

La gloire, le triomphe, au noble député

Qui flétrit des tyrans la cohorte assassine ,

Qui dénonce le meurtre , arrête la rapine....

Mais demain , du héros , quel doit être le sort ?

L'insulte , le cachot , le supplice , la mort !

    A bas l'infâme guillotine !!!....

Tu tombas des premiers , ô vertueux Baïlly !

Vieillard en cheveux blancs , noble, pur et sans tache ..

Tu tombas des premiers sous la sanglante hache !

Hélas ! que de martyrs ont comme toi péri !

Mais lorsqu'un tribunal corrompu , flétri , lâche ,

Egorgeait sous tes yeux les hommes de ton choix ;

Lorsque , souillés de sang , d'atroces cannibales

Célébraient sous tes yeux d'impures saturnales ,

Peuple , réponds, quel cri poussait ta grande voix ?

Cette voix , que l'on dit être la voix divine ,

Ne hurlait que trois mots : Vengeance , mort , famine !

Et l'homme , dont le cœur ne te fit pas défaut

Au jour de tes périls ,... marchait à l'échafaud !

    A bas l'infâme guillotine !!!...

Du sang ! partout du sang ! rien ne fut respecté :
Vertus , savoir , talents', grandeur d'âme , courage ,
Tout périt ;... le guerrier, l'homme de Dieu , le sage ,
Tout périt-, tout tomba jusqu'à la royauté !
Atroces dictateurs! sénat anthropophage !
Quels sont tes droits', ton code et tes lois ?... Un couteau !
La France te choisit pour son appui, son guide ,
La France s'abritait sous ta puissante égide ,
Et tu jetas la France au panier du bourreau !
Va , ne t'arrête plus ; marche encore , chemine ,
Tout n'est pas renversé, tout n'est pas en ruine...
Point de repos, achève, il reste des châteaux ,
Des temples , des palais ;... il reste des tombeaux (1).
    A bas l'infâme guillotine !!!...

Toulouse , avril 184...

(1) Les exhumations de Saint-Denis eurent lieu les 6, 7 et
8 août 1793. Le caveau des Bourbons fut ouvert le 12 octobre
1793 ; on continua l'extraction des cercueils pendant douze
jours : 14, 15, 16, 17, 18, 19, 20, 21, 22, 23, 24 et 27 octobre 1793.

A SŒUR ANGÈLE

DE L'HOPITAL DE GRENADE (HAUTE-GARONNE).

> Dignare me laudare te, Virgo sacrata?...
> (*Antienne à la Vierge*).

Pour soulager notre misère,
Le Dieu que l'univers révère,
Et dont le règne est éternel,
Un jour nous fit envoi d'un ange ,... sœur Angèle ;
Mais on reconnut bien dans la simple mortelle
L'ange venu du ciel.

De la Vierge suivant l'exemple ,

Quand je te vois dans le saint temple

Prier pour tous les malheureux ;

Aux cantiques sacrés de la troupe fidèle ,

Quand tu mêles ta voix , je suis heureux , Angèle ;

Oui , je suis bien heureux !

Contre le ciel , un téméraire

Blasphémait à l'heure dernière :

Tu rendis à Dieu le pécheur.

Mais pour guérir nos maux , sans remèdes , sans armes,

Tu n'as le plus souvent qu'un sourire ou des larmes,

Que tes yeux ou ton cœur.

Pour lui parler, être auprès d'elle ,

Rien que pour voir ma sœur Angèle ,

Je voudrais être au lit de mort.

Ah ! si dans les combats la balle meurtrière

Me laisse un jour couché sanglant sur la poussière ,

Je bénirai mon sort.

Je bénirai ma destinée

Si , près de notre bien-aimée ,

Je puis oublier ma douleur ;

Mais s'il faut succomber, si l'atteinte est mortelle ,

Béni soit encor Dieu !... je puis voir sœur Angèle ,

Et mourir de bonheur !

Avec ferveur priez pour elle ;

Priez pour votre sœur Angèle ;

Priez , enfants , priez toujours !...

Votre sœur !... Oh ! bien mieux, elle vous sert de mère.

Au bon Dieu , demandez , en faisant la prière ,

Pour elle de longs jours.

Seigneur, éloigne , éloigne l'heure

Qui doit , dans ta sainte demeure ,

Rappeler l'ange protecteur.

Et quand le jour viendra (de tes volontés saintes

Bénis soient les décrets !) , prends pitié de nos plaintes

Et de notre douleur !...

Grenade , mai 184...

L'OCÉAN.

Et les flots bleus, que rien ne gouverne et n'arrête,
Disaient, en recourbant l'écume de leur crête :
C'est le Seigneur, le Seigneur Dieu !
V. HUGO.

Ta voix, ta grande voix, c'est le bruit de la foudre
Qui roule et tonne au sein du paisible vallon ;
Ta voix, c'est le bruit sourd, le fracas de la poudre
Quand éclate la mine ou gronde le canon.

Ta voix est un concert, une ineffable extase,
Un murmure plaintif, un souffle du zéphir ;
Ta voix est un serment, une amoureuse phrase ;
Ta voix est un baiser, un sourire, un soupir....

Ta voix, c'est quelquefois un peuple qui sommeille,
Quelquefois la tempête et l'orage et les vents ;
Ta voix, c'est quelquefois un peuple qui s'éveille,
Qui s'arme de la hache et dit : Mort aux tyrans !.....

Ta voix, c'est la chanson de l'aimable bergère
Qui pousse devant elle un indolent troupeau :
Voix douce que redit l'écho de la clairière,
Et qui s'en va mourir sur le seuil du hameau.

Ta voix, c'est le tocsin qui hurle à la patrie :
Aux armes !.... l'étranger vers nous marche à grands
Le clairon, qui ranime et double l'énergie,   [pas !...
C'est le tambour qui roule et produit des soldats.

Ta voix, c'est quelquefois le cantique des anges,
C'est le chant du fidèle au pied du saint autel ; .
C'est le vagissement de l'enfant dans les langes,
La prière que l'homme adresse à l'Éternel.

Ta voix, du char léger que le coursier entraîne,
C'est le roulement sourd qui s'éloigne et se perd ;
C'est le cri du chacal, le râle de l'hyène,
C'est le rugissement des tigres au désert.

Ta voix, c'est le baiser de la sensible mère
Sur le front de son fils ; ce sont les cris, le deuil
Et les gémissements d'une famille entière
Qui vers le cimetière accompagne un cercueil....

Ta voix, c'est le torrent qui s'élance rapide,
Roule bois et rochers dans ses flots bouillonnants ;
C'est le petit ruisseau qui murmure limpide,
Et sinueux s'égare en des prés verdoyants.

Ta voix, c'est le serpent qui traverse la plaine,
Quand un cercle enflammé s'élevant jusqu'aux cieux,
Il s'arrête, il se tord, voyant sa mort certaine,....
Puis expire en poussant des sifflements affreux !....

Ta voix, est-ce la voix qui parlait à Moïse ,
Au milieu des éclairs, du tonnerre et du feu ?.....
Cette voix qui parlait de la terre promise?....
Ta voix, grand Océan, est-ce la voix de Dieu ?...

N'est-ce pas cette voix qui priait au Calvaire,
Le jour qu'un Dieu victime, abreuvé de mépris,
S'éteignait sur la croix, et disait : O mon Père !
Pardonnez, pardonnez à tous mes ennemis !

Qui pourra de ta voix pénétrer le mystère?....
Cette voix, n'est-ce pas celle de l'Eternel?....
N'est-ce pas, Océan, la voix de Dieu le Père,
Qui d'un mot créa tout : l'air , la terre et le ciel?....

                    Saint-Jean-de-Luz, septembre 184....

LA FILLE DE SIMON BRISE-TÊTE.

BALLADE.

A Madame Victorine C.....

Homme, il est doux comme une femme,
Dieu parle à voix basse à son âme,
Comme aux forêts et comme aux flots!
. . . .
Car la poésie est l'étoile
Qui mène à Dieu rois et pasteurs.

V. Hugo.

Au manoir de Brise-Tête,

Tout est plaisir; tout est fête

Au castel du vieux Simon;

La foule est dans l'allégresse,

Elle accourt, gronde, se presse

Au pont-levis du donjon.

Aujourd'hui, dans Carcassonne,
Tout s'éveille, tout bourdonne,
Tout dit chansons et noëls;
D'or scintillent les toilettes;
D'or, brillent, et de paillettes,
Toques, chausses et mantels.

Aujourd'hui, la damoiselle,
Toute jeune et toute belle,
Du terrible sénéchal
Doit s'unir, en hyménée,
A Guillaume Longue-Épée,
Seigneur qui n'a pas d'égal.

Il est moult puissant, moult brave;
On dit grand bien de sa cave,
Il a nombre de vassaux;
Il a castel imprenable,
Et toujours sur grande table
Vins exquis, friands morceaux.

Il a, pour courre à la chasse,
Chiens superbes et de race ;
Il a faucons, éperviers ;
Il a, pour le temps des guerres,
Haches, poignards, cimeterres ;
Il a varlets et coursiers.

·A l'église, il a son trône
Surmonté d'une couronne ;
Le saint prêtre, à son aspect,
Et le bénit et l'encense ;
Devant lui, quand il s'avance,
Tout s'incline avec respect.

Il a, pour les damoiselles,
Riches et brillantes selles ;
Il a, paissant par troupeaux,
Mille cavales légères,
Bondissant par les bruyères,
Bondissant par les côteaux.

Tout chez lui d'or étincelle :
D'or massif est sa vaisselle ,
D'or massif son étrier ;
De sa longue et forte épée ,
Toute d'or est la poignée ,
Tout d'or est son haut cimier.

D'or sont tous ses cors de chasse ,
Toute d'or est sa cuirasse ,
Et ses éperons encor ;
D'or est sa cotte de mailles ;
Son coursier porte aux batailles
Caparaçons chargés d'or.

Dis-moi, gente châtelaine ,
S'il est au monde une reine
Dont le sort soit plus heureux ?...
S'il est dans aucun royaume
Seigneur plus beau que Guillaume ,
Plus riche, plus belliqueux ?...

Las ! sur ton épaule blanche,
Enfant, ta tête se penche ;
Je vois s'agiter ton sein.
Qui peut causer tes alarmes
Et faire couler tes larmes?....
Réponds ,... d'où vient ton chagrin?...

D'où vient ta douleur amère?...
Crains-tu de laisser ton père
Seul, infirme, chargé d'ans?...
As-tu peur qu'en sa demeure
Le vieux Simon ne se meure
Seul avec ses cheveux blancs?...

Crains-tu que rudes batailles
Ne suivent tes fiançailles?...
Que Guillaume, plein d'ardeur,
Ne succombe dans la plaine?...
Dis-moi, gente châtelaine,
Ce qui cause ta douleur?...

— Seule , errant sur la bruyère ,
Loin des regards de mon père ,
J'ai rencontré l'autre jour
Un beau page à l'œil de flamme ,
Qui sut embraser mon âme ,
Qui brûla mon cœur d'amour !...

Oh ! je l'aime tant, ce page !...
Car il a plus doux langage
Que les beaux anges du ciel ;
Il n'a ni sceptre ni trône ,
Mais il porte la couronne ,
Le laurier du ménestrel!

Oui, je l'aime pour la vie ;
A lui seul veux être unie ,
A lui seul appartenir....
Et j'ai juré par la Vierge
De vivre et de mourir vierge
Plutôt que serment trahir !...

Le soir même de la noce,

De Simon le lourd carrosse

Emportait loin du castel

Une femme avec un homme ;

Lui,.... ce n'était pas Guillaume,

Mais Arthur le ménestrel ! ! !...

Carcassonne, octobre 18 4....

POUR DE L'ARGENT.

RONDEAU.

> Pauvre riche ! vis donc, puisque cela pour toi
> C'est vivre ! vis sans cœur. sans pensée et sans foi,
> Vis pour l'or, chose vile.......
>
> V. Hugo.

Pour de l'argent, combien de, gens en France ,

Sans hésiter, vendent leur conscience !

Combien de gens, pour un jour de bonheur,

Sans hésiter, courent au déshonneur !

Le dieu Plutus est le seul qu'on encense.

Honneurs, crédit, respect, talents, science,
Faveurs des grands, des femmes l'innocence,
On obtient tout, même la croix d'honneur,
    Pour de l'argent !

Mais, de Crésus eussiez-vous l'opulence,
Un jour, hélas ! vous serez sans puissance
Contre la mort : sultan, pape, empereur,
Nul ne pourra conserver son bonheur,
Ni prolonger d'un jour son existence
    Pour de l'argent !

        Carcassonne, novembre 18 !...

LE PAPILLON. [1]

...... Un léger papillon,
Tout bigarré d'azur, d'or et de vermillon,
Qui va, vole, revient, vole et revient encore !

         C. NODIER.

Papillon, joli papillon,

J'aime ton aile transparente,

J'aime son brillant vermillon ;

J'aime, sur la fleur odorante,

(1) Cette pièce de vers a été insérée, à Bayonne, dans la *Sentinelle des Pyrénées* (samedi, 19 novembre 1842). Je l'avais adressée au rédacteur sous le pseudonyme d'AHASVÉRUS.

Sur la violette ou le jasmin ,
J'aime à t'admirer le matin ,
Quand le soleil d'un jour serein
Vient ranimer la frêle plante ;
Quand, de te saisir impatiente ,
Vers toi vole , dans le jardin ,
D'enfants une troupe bruyante.
Posé sur la rose pompon ,
J'aime à te voir, beau papillon ! !!...

Papillon, joli papillon ,
J'aime à voir tes deux yeux de verre
Briller, quand devant le frêlon
Tu fuis, comme, devant la serre
De l'autour, on voit fuir l'oiseau ;
J'aime, pour narguer le réseau,
Te voir au sommet d'un roseau
Que le vent courbe jusqu'à terre ;
J'aime à te voir faire la guerre
Aux moucherons , au vermisseau

Sur les lilas de ce parterre,
Et mieux sur la rose pompon,
J'aime à te voir, beau papillon !!!...

Papillon, joli papillon,
J'aime ton corselet garance ;
Il est si souple, si mignon !
Sur la fleur que zéphir balance,
Je l'aime nuancé, brillant
Comme un rubis, un diamant,
Comme une étoile au firmament,
Quand de la nuit le char s'avance,
Comme le miroir qu'on balance ;
J'aime à le voir étincelant
Comme au soleil un fer de lance ;
Posé sur la rose pompon,
J'aime à te voir, beau papillon !!!...

Papillon, joli papillon,
M'apportes-tu quelque présage ?...

Es-tu lutin, djinn ou démon?..

As-tu sévère ou doux langage?...

Fais-tu le mal, fais-tu le bien?...

Es-tu mon bon ange gardien?...

Es-tu l'âme de mon Julien?...

Oh! lui, jamais ne fut volage;

Il m'aima toujours sans partage!...

Hélas! j'ai perdu mon soutien!...

Pour charmer mon triste veuvage,

Viens, viens.... sur la rose pompon,

J'aime à te voir, beau papillon!!!...

Bayonne, novembre 18½...

A Mlle MARIE E***.

> Si vous voyiez ma jeune et douce amie,
> Il vous faudrait tomber à ses genoux;
> Je vous permets de la trouver jolie;
> Ne l'aimez pas, car j'en serais jaloux.
>
> J. DE REBIÈRE et F. DE NEUVILLE.

Après un long exil, qui revoit sa patrie

Doit être bien heureux !

Moi ! quand je passe un jour, un seul, loin de Marie,

Je suis bien malheureux !

Quand j'entends le berger chanter dans la prairie
L'objet de ses amours ,
Je songe à mes amours, je songe à toi, Marie ;
Je songe à toi toujours.

Heureux, heureux l'amant que son aimable amie
Jure d'aimer toujours !
Moi, pour un seul regard des beaux yeux de Marie,
Je donnerais mes jours !

Pour la gloire, guerrier, cours exposer ta vie
Au milieu des dangers ;
Moi, je préfère un mot, un doux mot de Marie
Aux plus brillants lauriers.

J'aime son pied, sa main, j'aime tout en Marie ;
J'aime ses noirs cheveux,
Je suis fou de sa voix, et j'aime à la folie,
J'aime ses jolis yeux.

Que de grâce et d'attraits ! Tout brille dans Marie :
Vertus, bonté, talents;
Jeune comme la fleur à peine épanouie,
Elle n'a pas seize ans.

Quand elle a folâtré, pétulante, étourdie;
Quand palpite son cœur,
La plus fraîche des fleurs du bouquet de Marie
Près d'elle est sans fraîcheur.

Les yeux baignés de pleurs, quand ma bonne Marie,
Au pied du saint autel,
Pour prolonger les jours d'une mère chérie,
Implore l'Eternel;

Lorsque sa voix demande à la vierge Marie
Un sort plus fortuné
Pour tous les malheureux, oh ! comment de Marie
Vous peindre la beauté !...

Que mon bonheur est grand! que mon âme est ravie!

    Quand j'admire des traits

Si purs, si séduisants!... Les anges, ô Marie!

    Ont moins que toi d'attraits!!!...

           Bayonne, décembre 184...

LE DOIGT DU SEIGNEUR.

Les jours des rois sont dans sa main;
Leur règne est un règne incertain,
Dont le doigt du Seigneur a marqué les limites.

J.-B. ROUSSEAU.

Frère, dans tous les sens, parcours, parcours la terre ;

De l'immense Océan sonde la profondeur ;

Dans le sein de la paix , les horreurs de la guerre ,

Sous le luxe du riche , inquiet dans la grandeur,

Sous les haillons du pauvre, heureux dans le malheur,

Dans le moindre éclat du tonnerre......

Frère , partout, partout , vois le doigt du Seigneur !

Un roi (1), faux et cruel, roi que, dans sa colère,
L'incorruptible histoire a mis près de Tibère,
Sur un peuple innocent déchaînait ses guerriers ;
Lui-même, hélas ! lui-même, excitant au carnage,
Frappait... Et puis, livide, il mourut avant l'âge,
Rêvant, rêvant toujours, spectres, sang et meurtriers !

Frère, dans tous les sens, parcours, parcours la terre ;
De l'immense Océan sonde la profondeur ;
Dans le sein de la paix, les horreurs de la guerre,
Sous le luxe du riche, inquiet dans la grandeur,
Sous les haillons du pauvre, heureux dans le malheur,
Dans le moindre éclat du tonnerre,......
Frère, partout, partout, vois le doigt du Seigneur !

Gloire à toi, gloire à toi, vierge candide et belle,
Jeanne (2), fille du ciel, héroïne immortelle !

(1) Charles IX.
(2) Jeanne d'Arc.

Les rois, sous la couronne, étaient moins grands que toi,
Lorsque , prenant le glaive et jetant la houlette,
De nos soldats tremblants tu marchais à la tête !.....
Vingt fois à ton nom seul l'Anglais pâlit d'effroi !

Frère, dans tous les sens, parcours, parcours la terre ;
De l'immense Océan sonde la profondeur ;
Dans le sein de la paix, les horreurs de la guerre,
Sous le luxe du riche , inquiet dans la grandeur,
Sous les haillons du pauvre, heureux dans le malheur,
Dans le moindre éclat du tonnerre,......
Frère ; partout , partout , vois le doigt du Seigneur !

Dans ce palais, le front tout sillonné de rides (1),
Contemplez ce vieillard, voyez ses traits livides !...
C'est un roi qui s'apprête à descendre au tombeau :
Tyran sans loyauté , dur, hypocrite, avare,
Au Saint-Père, le fourbe, eût volé la tiare !...
Qui pleurera sa mort?... Un homme ,... le bourreau !

(1) Louis XI.

Frère, dans tous les sens, parcours, parcours la terre ;
De l'immense Océan sonde la profondeur ;
Dans le sein de la paix , les horreurs de la guerre.
Sous le luxe du riche , inquiet dans la grandeur,
Sous les haillons du pauvre , heureux dans le malheur,
Dans le moindre éclat du tonnerre ,......
Frère , partout , partout , vois le doigt du Seigneur !

Gloire aussi, gloire à toi , vierge de Normandie (1) ,
Digne sœur de Brutus , qui de la tyrannie,
Comme ce fier Romain, voulus purger l'Etat !
Judith n'avait qu'un monstre à frapper : Holopherne !
Mais , pour anéantir une autre hydre de Lerne ,
Ton poignard devait-il s'arrêter à Marat?....

Frère, dans tous les sens, parcours, parcours la terre ;
De l'immense Océan sonde la profondeur;
Dans le sein de la paix , les horreurs de la guerre ,

(1) Charlotte Corday.

Sous le luxe du riche , inquiet dans la grandeur,
Sous les haillons du pauvre, heureux dans le malheur,
Dans le moindre éclat du tonnerre ,......
Frère, partout, partout, vois le doigt du Seigneur !

Féroces dictateurs , juges sans conscience (1) ,
Vous vouliez dans le sang étouffer notre France ;
Monstres , pour toute loi qui n'aviez qu'un bourreau !...
Par vous, talents, vertus , étaient taxés de crimes !...
Tremblez, tyrans , tremblez ; car, après vos victimes,
Vous rougirez aussi l'infâme tombereau ! ! !...

Frère, dans tous les sens, parcours, parcours la terre ;
De l'immense Océan sonde la profondeur ;
Dans le sein de la paix, les horreurs de la guerre,
Sous le luxe du riche, inquiet dans la grandeur,
Sous les haillons du pauvre, heureux dans le malheur,
Dans le moindre éclat du tonnerre ,...
Frère, partout, partout, vois le doigt du Seigneur !

(1) Les terroristes.

Kléber, noble guerrier, dont l'Arabe indomptable,
Au milieu du désert, craint le bras redoutable ;
Kléber, noble héros, Dieu te rappelle à lui !
Bénissons ses décrets ! La victoire inconstante
Déjà depuis longtemps est ta fidèle amante....
Soldats, pleurez Kléber ; car le poignard a lui !...

Frère, dans tous les sens, parcours, parcours la terre ;
De l'immense Océan sonde la profondeur ;
Dans le sein de la paix, les horreurs de la guerre,
Sous le luxe du riche, inquiet dans la grandeur,
Sous les haillons du pauvre, heureux dans le malheur,
Dans le moindre éclat du tonnerre ,......
Frère, partout, partout, vois le doigt du Seigneur !

D'un peuple plein de sève, et de l'indépendance ,
Peuple jaloux, un jour, un roi dans sa démence (1),
Faible, mal conseillé, veut étouffer l'ardeur....

(1) Charles X.

Soudain, semblable aux flots de la mer irritée,
Le peuple-roi surgit avec sa forte épée....
Après trois jours de lutte, il est resté vainqueur !....

Frère, dans tous les sens, parcours, parcours la terre ;
De l'immense Océan sonde la profondeur ;
Dans le sein de la paix, les horreurs de la guerre,
Sous le luxe du riche, inquiet dans la grandeur,
Sous les haillons du pauvre, heureux dans le malheur,
Dans le moindre éclat du tonnerre ,....
Frère, partout, partout, vois le doigt du Seigneur,

Digne d'un meilleur sort, une ardente jeunesse,
Un jour, le fer en main, surgit, gronde, se presse...
Silence !... dans les rangs, des cris ont retenti :
Vive la liberté ! vive la République !
Puis du feu, puis du sang.... De la troupe héroïque,
Demandez les lambeaux au cloître Saint-Méry (1) !

(1) 5 et 6 juin 1832.

Frère, dans tous les sens, parcours, parcours la terre ;
De l'immense Océan sonde la profondeur ;
Dans le sein de la paix , les horreurs de la guerre ,
Sous le luxe du riche , inquiet dans la grandeur,
Sous les haillons du pauvre, heureux dans le malheur,
Dans le moindre éclat du tonnerre ,......
Frère, partout, partout, vois le doigt du Seigneur !

Oh ! qu'un bon souverain est une chose rare !
Honneur à ce saint roi, qui d'un peuple barbare (1) ,
Pour soulager l'Etat, voulut porter les fers !.
On ne vit point l'Europe à son glaive asservie ;
Mais il sut conquérir l'amour de la patrie....
Est-il un plus beau titre en ce monde pervers ?...

Frère, dans tous les sens, parcours, parcours la terre ;
De l'immense Océan sonde la profondeur ;
Dans le sein de la paix, les horreurs de la guerre,

(1) Louis IX.

Sous le luxe du riche, inquiet dans la grandeur,
Sous les haillons du pauvre, heureux dans le malheur,
Dans le moindre éclat du tonnerre ....
Frère, partout, partout, vois le doigt du Seigneur !

Cambo, décembre 184...

LE MAQUIGNON ET SON CHEVAL.

FABLE.

..... De loin, c'est quelque chose ; et de près, ce n'est rien.
LAFONTAINE.

Un pauvre vieux cheval , peut-être jadis bon,
Mais usé par le temps et par maint exercice,
Ne pouvait plus, hélas! rendre aucun bon service.
    Son maître, un rusé maquignon,
    Normand sans doute, ou bien Breton,
    Voulut s'en défaire, dit-on,

Mais non sans y gagner son petit bénéfice.

    Tout aussitôt , l'étrille en main ,

    On panse à fond le vieux roussin ,

    Puis les ciseaux et l'époussette

    Viennent compléter la toilette ;

    On lui lave et peigne les crins

    Pour lui donner meilleure mine ;

    On vous lui place sur l'échine

    Une housse à mille dessins ;

    On lui passe un licol tout neuf,

    Et, pour rehausser sa tournure ,

    On mêle aux crins de l'encolure

    Force rubans. A Châteauneuf (1) ,

    C'était précisément la foire :

    C'est là que le père Grégoire

S'empresse d'amener son cheval rajeuni.

Un acheteur s'approche, et lui dit : — Mon ami,

(1) Châteauneuf-Charente, arrondissement de Cognac (Charente).

Combien vendez-vous votre bête?

— Cent écus !... — Peste de l'emplette,

Cent écus !... — Le plus juste ! — Eh ! mais c'est un peu cher...

— Ah ! bon Dieu, c'est pour rien... Considérez, mon cher,

Cette grâce, cette tournure ;

Voyez la tête, l'encolure ;

Voyez ces jambes et ces yeux...

— Ah ! voyons... Mais, c'est curieux !

Certes, je n'ai pas la berlue ;

J'ai moins encor perdu la vue,

Et cependant votre bidet,

Plus je regarde, plus je lorgne,

Plus je reconnais,... en effet,

Mon cher, votre cheval est borgne !...

Et vous demandez cent écus

D'une rosse qui, je parie,

Va se traîner à la voirie

Dans deux ou trois jours?... Ah ! Jésus,

Cent écus ! quelle fourberie !...

Hélas ! le pauvre maquignon,

Eut ce jour-là bien du guignon,

Et bien longtemps, de cette foire,

Le souvenir sera gravé dans sa mémoire!

Son cheval fut d'abord galeux;

Il eut ensuite une fourbure,

Puis encore une mémarchure;

On n'oublia pas le roux-vieux;

Il eut vertige et boiterie,

Puis cette affreuse maladie,

Je veux dire la morve, et son cousin germain

Qui porte le nom de farcin :

Si bien que la pauvre bestiole

Ne valut pas même une obole.

Le pauvre maquignon, tout penaud, tout confus,

Jura, mais un peu tard, qu'on ne l'y prendrait plus,

Et fit, hélas! le pauvre diable,

Comme le corbeau de la fable!

Le vieux cheval parfois est un gouvernement;

Le rusé maquignon, des flatteurs est l'image :

Le roi , vous disent-ils , est un monarque sage ,

    Plein de désintéressement....

Que veut-il?... De l'Etat le bonheur et la gloire ;

Rendre son peuple heureux est son plus grand désir.

Mais promettre beaucoup n'est pas beaucoup tenir ,

    Et le peuple a bonne mémoire...

Or , comme il n'aime pas d'être pris au gluau ,

Il s'avise , il regarde , il craint qu'on ne l'abuse ;

Il s'approche , il observe , il voit enfin la ruse ;

Ce trône , qu'il croyait fort solide et fort beau ,

N'est qu'un velours usé sur un frêle escabeau ;

Et du gouvernement , la débile machine ,

Faute de bons ressorts , penche vers sa ruine ,

    Comme le vieillard qui s'incline

    A chaque pas vers le tombeau ! ! !...

            Saint-Jean-de-Luz , février 184...

LA COURBETTE.

CHANSON

Sur l'air : *Mon général me nomma.... soldat!*
Sur le champ de bataille.

> .... Le charlatanisme est insolent et
> corrupteur , et il a donné de tels exemples
> dans notre siècle et a mené si grand bruit
> du tambour et de la baguette sur la place
> publique, qu'il s'est glissé dans toute pro-
> fession, et qu'il n'y a si petit homme qu'il
> n'ait gonflé.
>
> A. DE VIGNY.

Voulez-vous avoir l'épaulette?

Voulez-vous obtenir la croix?

Voulez-vous , quoique jeune et bête,

Gagner des rangs, passer au choix?...

Devant le maître,

Faites paraître

Un zèle outré, la plus grande rigueur ;

L'hypocrisie,

La flatterie,

Doivent en vous tuer toute pudeur.

Voulez-vous faire place nette,

Eliminer tout concurrent ?

Voulez-vous de l'avancement ?...

Faites donc la courbette (*bis*) !...

Voulez-vous devenir évêque ?...

Voulez-vous être cardinal ?...

Aimez-vous mieux être archevêque

Ou siéger au trône papal ?...

D'un saint ermite,

L'air chattemite,

Les faux-semblants d'un cœur tout paternel,

Aux yeux d'un peuple,

Toujours aveugle,

Ont déjà mis votre nom dans le ciel.

    Voulez-vous faire place nette ,

    Eliminer tout concurrent?

    Voulez-vous de l'avancement?...

    Faites donc la courbette (*bis*) !...

    Briller dans la magistrature

    Flatte-t-il votre vanité?

    Voulez-vous une préfecture?

    Voulez-vous être député ?...

        Le ministère

        Peut-il vous plaire?

Y voulez-vous siéger avec orgueil?...

        Si la pairie

        Vous fait envie ,

Vous y pouvez obtenir le fauteuil...

    Voulez-vous faire place nette ,

    Eliminer tout concurrent?

    Voulez-vous de l'avancement?...

    Faites donc la courbette (*bis*)!...

Voulez-vous à l'Académie
Entrer, quoique ne sachant rien?..
Voulez-vous que la flatterie
Vous appelle un homme de bien?
L'on peut d'un rustre
Faire un illustre ;
D'un ignorant, on peut faire un Newton ;
D'un homme infâme,
Sans cœur, sans âme,
On peut très-bien faire un prix Monthyon.
Voulez-vous faire place nette ,
Eliminer tout concurrent?
Voulez-vous de l'avancement?...
Faites donc la courbette (*bis*)!...

Enfin , dans notre pauvre France ,
Sous le régime des Bourbons ,
Pour avancer, on n'a de chance
Que dans les génuflexions.
A la richesse ,

A la bassesse,

Biens, dignités, honneurs, tout doit écheoir;

A l'infamie,

Vouer sa vie,

C'est se frayer la route du pouvoir.

Voulez-vous faire place nette,

Eliminer tout concurrent?

Voulez-vous de l'avancement?...

Faites donc la courbette (*bis*)!...

Bidart, mars 184...

LÉ COURBAS ET LÉ RIATOU.[1]

FAPLO.

A L'ÉMULE DE JASMIN, A M. DAVEAU, DE CARCASSONNE.

> ...,.. Je conclus qu'il faut qu'on s'entr'aide.
>
> **LAFONTAINE.**
>
> .... Qui ne songe qu'à soi quand la fortune est bonne,
> Dans le malheur n'a point d'amis.
>
> **FLORIAN.**

Un jour, dins un prat tout flourit,

Oun courrion dé recs d'aigo puro,

Dé soun clesc, à péno sourtit,

Un aousélou,

(1) Cette fable est écrite dans le patois de Carcassonne.

Un riatou ,

Saoutéjabo per la berduro :

Bés el , arribo tourtéjan ,

D'albré en albré se trigoussan ,

Et s'arrestan à cado mato ,

Un courbas , un paouré courbas ,

A qui , dins le miech d'un bartas ,

Lé ploun a coupat uno pato :

Oh ! se sabios , brabé pichou ,

La doulou , le mal qué souffrissi ,

Mé soulachaïos un bricou ,

Mé rendrios un pichou serbissi.

Coumo podi pas maï marcha ,

Pren dins le prat un floc d'herbetto ,

Faï-m'en un leit per me coucha ;

Apei mé.... — Caquetto , caquetto ,

En sé trufan dits l'aousélou ;

Aillurs , adresso ta supplico ,

Yeou soun pas nascut doumestico.

D'aillurs , qué parlos de doulou ,

Suffis qu'as la pato coupado!...

Mais amm'uno n'y a toujours prou...

Té, té, béjos yeou, camarado,

Sus un pé sé dansi pas pla !....

Et nostré aousel dé saoutéja,

Dé bira, dé courré la prado.

Mais gar'aqui, qué nostré fat,

Penden qué danso la gaboto,

Qué fa millo tours dins lé prat,

Tout d'un cop sé sen arrestat ;

Quicon l'a sasit per la pato.

El dé crida : Mestré courbas,

Béni bité, lé cas és grabé,

Mé tira d'aquel michan pas!...

— Per yeou bous ets moustrat tant brabé,

Respoun lé courbas sans boucha,

Qué boli pla bous soulacha ;

Mais aban dé bous estré utillé,

Boli bésé, moussu l'habillé,

Se dansarets amm'el sétou...

Anen , dansats , anen , moussu lé riatou !...

Cal pas jamaï sé trufa d'al bési ,
Saben pas ço qué Diou pot faïré :
Beï en hurousés lé mati ,
Lé souër tapla pouden mouri ;
Déma pot toumba lé mouli ;
Déma pouden perdré l'araïré ;
Et se jamaï un malhurous
Bous dits : Ajats piétat, moun fraïre !
Per él moustrats-bous générous.
Ré dé maï dous, ré dé maï bel,
      Qué la bountat,
      La caritat .....
La caritat gagno lé cel !....

Bayonne, avril 184....

LA TOUR DE BABEL

ou

LE CONFLIT DES OPINIONS EN 1832.

CHANSON

Sur l'air : *Dis-moi, soldat, dis-moi, t'en souviens-tu?*

> Hélas! la froide politique
> Envahit aujourd'hui nos banquets attristés ;
> La haine au cœur de fiel, la dispute caustique ,
> Chassent de son aspect la gaîté pacifique,
> Et l'esprit de parti préside à ses côtés.
> Charles LOYSON.

Quelle pitié de voir, en notre France,

Grands et petits toujours politiquer !

Chacun son cri, son drapeau, sa nuance ,

En rédempteur chacun veut s'ériger.

Pour s'enrichir, l'un rêve l'anarchie :

— Foulons, dit-il, le trône avec l'autel....

L'autre, en son cœur, porte la monarchie :
C'est le chaos, c'est la tour de Babel !.... } *bis.*

— Si nous pouvions, comme dans l'Amérique
Ou comme à Rome aux beaux jours de Brutus,
Dit celui-ci, créer la république ,
Alors , Français, plus d'impôts, plus d'abus.
— Ah ! si jamais vient un quatre-vingt-treize ,
Dit celui-là, vite au peuple un appel !....
Songez, tyrans, au sort de Louis seize !
C'est le chaos, c'est la tour de Babel !... } *bis.*

— Moi, dira l'un , je veux que ma patrie
Dans l'univers tienne le premier rang.
— Mort ! dira l'autre, à l'aristocratie;
Du pauvre peuple, elle suce le sang....
Entendez-vous pérorer le carliste?...
— Plus d'échafauds, Français, plus de Cromwell !
Vive Henri cinq ! hurle un henriquinquiste ,
C'est le chaos, c'est la tour de Babel !... } *bis.*

— Un jour viendra, disent les terroristes,
Où nous pourrons montrer notre grand cœur.
— Que voulez-vous, disent les philippistes,
Du feu, du sang, le meurtre, la terreur?...
D'autres s'en vont criant : — Haine éternelle
Aux successeurs de Charles-le-Cruel (1)!....
Que de nos mains sorte une ère nouvelle... ⎫
C'est le chaos, c'est la tour de Babel!... ⎭ *bis.*

Restez unis, Français, je vous en prie;
Respectez Dieu, chérissez votre roi ;
Aimez la France, aimez votre patrie,
C'est le moyen d'être heureux, croyez-moi.
Pour mon pays vibre toujours ma lyre ;
France, pour toi, j'implore l'Éternel!...
Bientôt, j'espère, on ne pourra plus dire : ⎫
C'est le chaos, c'est la tour de Babel!... ⎭ *bis.*

(1) Charles IX.

Carcassonne, avril 184...

LE CRAPAUD ET L'ÉCUREUIL.

FABLE.

Ne forçons point notre talent,
Nous ne ferions rien avec grâce.
LAFONTAINE.

Un crapaud tout gonflé d'orgueil,

Et fort jaloux d'un écureuil,

Lui dit un jour : — Tu fais l'habile,

Tu te vantes partout d'être vif, leste, agile ;

Mais je me flatte, sur ma foi,

De l'être tout autant que toi.

Piqué d'une telle bravade,

Notre écureuil répond : — Voyons donc, camarade,

Grimpe avec moi sur ce noyer;

Allons ! à l'œuvre, à l'escalade;

Je veux te montrer mon foyer,

Te conduire dans ma famille;

Je veux te présenter ma fille....

Il dit, et grimpant aussitôt,

En trois bonds, il atteint le haut.

Pendant ce temps, l'autre prend peine,

Il sue, il souffle, il se démène,

Et n'avance pas son chemin.

— Si vous allez de cette allure,

Vous n'arriverez, je vous jure,

Dit l'écureuil, qu'après-demain...

Voulez-vous me donner la main?...

Le crapaud souffle, peste, rage;

Il s'excite, il reprend courage;

Mais, quand il regarde au sommet,

Il est effrayé du trajet;

Bref, il se trouble, il perd sa force,
Et tout d'un coup, lâchant l'écorce,
Il roule, tombe et crève net !

L'orgueilleux est chose bien vaine !
C'est un ballon gonflé de vent.
Notre grand maître Lafontaine
Nous l'a répété bien souvent....
Ne forçons point notre talent !!!...

                              Auch, février 184....

RÊVERIE.

A Clémence L***, AUTEUR DE CHARMANTS FEUILLETONS.

> Je ne sais pas si j'aimais cette dame;
>   Mais je sais bien
> Que pour avoir un regard de son âme,
>   Moi, pauvre chien,
> J'aurais gaîment passé dix ans au bagne
>   Sous le verrou....
>   V. Hugo.

Je ne te connais pas, mais je t'aime d'avance;

Ton cœur doit être bon, ton cœur doit être pur,

Ta chevelure noire, et tes yeux, ô Clémence !

Dans un beau ciel serein, j'en ai cru voir l'azur.

Ta voix, je crois l'ouïr modulant la romance ;
Ta voix a des accords doux et mélodieux ;
Ta voix est ravissante , et tes chants , ô Clémence !
Sont ceux des séraphins auprès du Roi des cieux.

Ton pied, ce pied mignon, je le vois à la danse
Plus rapide et plus prompt que le rapide éclair ;
Il va, vole, revient et s'enfuit... O Clémence !
Moins léger mille fois est l'oiseau qui fend l'air.

Ta main doit être blanche et petite..... Oui , je pense
Que le plus fin tissu, que le plus doux satin,
Près de ta main d'ivoire est grossier... O Clémence !
Que ne puis-je un instant la presser dans ma main !

Et ton sein, qui l'agite? Une douce espérance?
Quelque doux souvenir? quelque rêve enchanteur?
Qui le fait battre ainsi? Quel mortel, ô Clémence !
Peut dire : C'est pour moi que palpite son cœur !

Sans avoir de ta taille admiré l'élégance,
Sans avoir de ta jambe admiré le contour,
Sans avoir vu tes traits , je devine , ô Clémence !
Que tout respire en toi les grâces et l'amour.

Oh ! laisse-moi t'aimer, t'adorer en silence !
Laisse-moi t'ignorer ! Si je voyais, un jour,
Ton sourire, tes yeux, tant d'attraits ,... ô Clémence !
Il me faudrait mourir de bonheur et d'amour !...

Bayonne, juillet 184....

ANATHÈME A MARIE-LOUISE.

A LA MÉMOIRE DU GÉNÉRAL BERTON.

> .... Il me faut une vengeance pour le lion
> qui est enchaîné à Sainte-Hélène, même
> dans sa tombe; il m'en faut une pour l'agneau
> qu'ils égorgent aussi à Vienne!....
>
> **Le général BERTON.**

Le Géant est tombé! Transports, cris, chants de fête,
Parmi les alliés, au bruit de sa défaite,
    Ont retenti soudain;
La rage dans le cœur, maudissant le destin,
Pendant que nos soldats gémissaient en silence,
Lui s'éloignait proscrit des rivages de France!...

D'un peuple, qu'il croyait humain,
Il allait réclamer l'amitié protectrice....
Il fut trahi, vendu! Sur un rocher lointain,
On le cloua vivant! Trahison! injustice!...
Qu'à jamais, Albion, le sceau réprobateur
Flétrisse tes enfants!... Témoin de nos alarmes,
Toi qui vis nos douleurs, les revers de nos armes,
Que faisais-tu, réponds, femme de l'Empereur?
Nous pleurions le Héros ;.. mais toi, qui vit tes larmes?
Qui recueillit tes cris? qui vit saigner ton cœur?....
Quoi! pas même un soupir devant tant de malheur?...
    Anathème à l'Impératrice!!!...

Honneur, honneur à toi, femme du prolétaire!
J'admire tous les jours ton noble caractère!
    J'aime ce noble cœur,
Humble dans les beaux jours, ferme dans le malheur!
Est-il captif l'époux, le chef de la famille,
Le père de ton fils, le père de ta fille?...
    Aussitôt un cri de douleur

S'échappe de ton sein , la crainte du supplice
Précipite tes pas... L'infâme accusateur
Pâlit, tremble, se trouble à tes cris de justice !...
Devant un peuple ému, soulevant tes enfants,
Tu proclames tes droits et d'épouse et de mère ;
Tu réclames l'époux, tu réclames le père...
Un long cri de pitié succède à tes accents ;
Et le juge, dont l'œil était dur et sévère,
Pardonne, ému, touché par tes cris déchirants.
Gloire à qui ne craint pas d'affronter les tyrans !...
  Anathème à l'Impératrice ! ! !...

Ce qu'ose tous les jours une femme vulgaire,
Pourquoi, réponds, pourquoi n'osas-tu pas le faire,
  Toi, femme d'Empereur ?
Epouse du guerrier qui, sans cesse vainqueur,
Vit flotter ses drapeaux par toutes les contrées ;
Qui brisait, en un jour, rois, nations, armées,
  Dont le nom frappait de terreur ?...
Devant les alliés , horde spoliatrice ,

Osas-tu réclamer, forte de ta douleur,

Ton époux exilé?... Que l'histoire flétrisse

Ton nom qu'elle aurait pu graver en lettres d'or!..

Epouse du plus grand des princes de la terre,

Qu'as-tu fait de l'enfant du grand homme de guerre?....

L'aigle est tombé,... l'aiglon peut prendre son essor.

N'as-tu pas pour ton fils des entrailles de mère?...

Montre-nous l'héritier, il en est temps encor...

Qu'il succède à son père, et soit Imperator!...

    Anathème à l'Impératrice!!!...

Oh! tu n'aurais pas craint, toi, noble Joséphine,

De parler hautement, d'exposer ta poitrine

    Au fer de l'ennemi,

Pour réclamer l'époux qui s'éloignait banni!

Mais, toi, tu n'étais pas une reine étrangère!

Ton cœur était français! un digne cœur de mère

    Qui jamais ne s'est démenti!

De toi, qui n'a reçu quelque éclatant service!...

Jamais un jour, pour toi, sans bienfaits n'a fini.

Oh ! tu fis à l'État un bien grand sacrifice !...
Qu'il a dû te coûter de larmes de douleur
Ce jour où l'Empereur te dit : Vous êtes veuve ! ...
Pour un si noble cœur, quelle cruelle épreuve !...
Hélas ! au souvenir de ce jour de malheur ,
Est-il un seul Français dont le cœur ne s'émeuve ?...
Il fallait au héros un fils, un successeur...
Une autre alors reçut les vœux de l'Empereur.

     Anathème à l'Impératrice ! ! !...

Pauvre enfant, exilé sur la terre étrangère,
Qui ne reçus jamais de ton indigne mère
     Ni baiser ni soupir ;
Toi, qu'à son lit de mort il ne put pas bénir,
Le héros qui, pour toi, s'enivrait d'espérance ,
Qui rêvait pour son fils la couronne de France ;
     Qu'il était grand ton avenir !
Il n'est plus ! Et c'est toi, sa mère, sa tutrice ,
Toi qui l'as étouffé, toi qui l'as fait mourir !...
Ah ! que sur toi de Dieu retombe la justice !...

Que le doigt du Seigneur, d'un stigmate éternel,

Marque ton front coupable!... En cette âme de glace,

La pitié n'a jamais pu trouver une place!...

Jamais, hélas! jamais, sur ce front maternel,

Le doigt de la douleur n'a pu graver sa trace!...

Sur la terre, à ton nom, mépris universel!...

Plus tard, tu connaîtras la vengeance du ciel...

    Anathème à l'Impératrice !!!. .

En vain, dans son ardeur, le nouveau Prométhée

Cherche d'un œil hagard sa formidable épée

    Et ses flots de guerriers...

Il ne voit près de lui que d'indignes geôliers,

Que d'atroces soldats, suppôts de l'esclavage!...

Il n'entend que le bruit des vagues sur la plage!...

    Plus de combats! plus de lauriers!...

Tu mourras ;... ils l'ont dit!... que le Lion périsse!...

N'ont-ils pas bien choisi leurs bourreaux, leurs meurtriers?

Le sicaire Hudson-Lowe et sa rouge milice,

Des tigres n'ont-ils pas l'atroce cruauté?...

                    3.

Lève ton noble front ! lève ta noble tête !...
Méprise ce danger ! brave cette tempête !...
Voici ton plus beau titre à l'immortalité !...
Ton laurier le plus vert ! ta plus belle conquête !...
Mais toi qui l'adulais dans la prospérité,
Tu l'as abandonné dans la captivité !...
          Anathème à l'Impératrice ! ! !...

Oui, Berton, comme toi, je veux une vengeance
Pour le noble exilé que la Sainte-Alliance
          Egorgea lâchement !...
Il m'en faut une aussi pour cet illustre enfant,
Pour le fils du héros, l'espoir de notre France ;
Pour l'agneau dont l'Autriche a brisé l'existence !...
          France, dans ton ressentiment,
Garde-toi d'oublier leur cruelle complice !...
Elle a laissé tuer son époux, son enfant...
De ce drame sanglant, honte à l'infâme actrice !...
Reine, je veux flétrir, souiller ta royauté !...
Je veux venger sur toi ces deux têtes sublimes !...

Je veux venger sur toi ces royales victimes !

Je veux, en proclamant l'auguste vérité,

Je veux flétrir ton nom, je veux flétrir tes crimes !...

Reine sans cœur, sans foi, sans vertŭ, sans pitié,

Je te voue au mépris de la postérité !...

    Anathème à l'Impératrice ! ! !...

            Saint-Jean-de-Luz, août 1843.

TRANSPORTS D'AMOUR.

A Mlle THÉRÉSINE V***.

.... Amour de mon amie
Me donne le bonheur.
P. DE KOCK.

Oui, de sa bouche purpurine,

Un cri d'amour s'est échappé !

Merci, merci, ma Thérésine,

Je suis heureux !... je suis aimé !...

Plus de chagrins ! plus de tristesse !

Comment cacher mon allégresse ?...

Le secret briserait mon cœur !...
Oui, devant tous je le confesse,
Je suis au comble de l'ivresse,
Je suis au comble du bonheur !...

Hier encore, dans le bocage,
Je m'égarais triste et rêveur ;
Il me semblait voir ton image
Courir, voler de fleur en fleur ;
Il me semblait te voir, folâtre,
De ta petite main d'albâtre,
Saisir l'aile d'un papillon...
Ce pied mignon que j'idolâtre
Rasait la pelouse verdâtre
Ou fuyait derrière un buisson !

Puis, je sentis sur ma paupière
Une larme, et, dans ma douleur,
Par une fervente prière,
J'implorai l'Éternel : Seigneur,

Prenez pitié de ma soùffrance,
Il n'est plus pour moi d'espérance ;
Car je ne puis toucher son cœur !...
Pour tant d'amour et de constance,
La plus cruelle indifférence !
Pour tant d'amour, tant de froideur !...

Recevez mes actions de grâce,
Vous venez de combler mes vœux ;
Chagrins, douleurs, maux, tout s'efface ;
Merci, Seigneur, je suis heureux.
En vous celui qui croit, espère,
Jamais en vain, dans la prière,
N'implora le Dieu tout-puissant ;
Vous nous aimez tous, ô mon Père !
Sur le trône ou dans la chaumière,
Le faible comme le puissant.

Et toi, Thérèse, mon amie,
Qui viens de me donner ton cœur,

Toi, mon idole ; toi, ma vie,
Je vais goûter le vrai bonheur !...
Je cède à mon impatience,
J'accours... Une plus longue absence
Ferait revivre mon chagrin...
Ah ! combien ta douce présence
Embellira mon existence...
Adieu, Thérésine,... à demain ! ! !...

Urugne, septembre 184...

FRAGMENT.

A LA FAMILLE DE L'ÎNTRÉPIDE MARTIN.

.... C'est à Damanhour; l'ange El-Modhy n'a fait que paraître dans cette ville, et aussitôt le drapeau vert et le croissant ont surgi au sommet de tous les édifices; un seul n'a point arboré l'étendard du prophète, car celui-là est occupé par des Français!..... Soixante braves s'y sont retirés sous la conduite du lieutenant Martin. L'ange El-Modhy lui envoie dire de rendre les armes. . Refus formel!... — Plutôt mourir! répond l'intrépide Martin. — Eh bien! qu'ils meurent donc, s'écrie Hassan. Et aussitôt le terrible Tecbir (1) retentit dans les rangs des croyants.... Hassan, la hache à la main, s'élance le premier.....
(Voir les *Œuvres d'Abel Hugo*).

.... Passant, va dire a Lacédémone que nous sommes tombés pour le salut de la patrie et la défense de la liberté!...
(*Mort des* 300 *Spartiates*).

... Ils ont dit, ces chrétiens, qu'ils veulent se défendre !

Ils ont dit qu'ils mourront plutôt que de se rendre !...

(1) Cri de guerre des Musulmans.

Et qu'avant de fouler leurs cadavres sanglants,

Il nous faudra passer sur les débris fumants

Du fort qui les abrite !... Eh bien donc ! qu'ils succombent !

Enfants, tous ces Français, si vos bras me secondent,

Dans une heure, ils auront pour tombeau Damanhour.

Pour accomplir le reste, il nous suffit d'un jour.

Volez vers l'ennemi comme vers une fête,

Et songez que d'en haut le regard du Prophète

Est attaché sur vous !.. Gloire au grand Mahomet

Dont je suis l'envoyé !.... Par ma bouche, il promet

Les célestes houris et des plaisirs sans nombre

A ceux qui combattront sans regarder le nombre,

Qui porteront au feu la rage des lions !...

Mais aux lâches croyants, ses malédictions !!!...

Oui, ceux qui trembleront, qu'ils craignent ses vengeances!

Mais pas un ne fuira; vos fières contenances,

Ces cris de mort partout que j'entends retentir,

Tout annonce à ces chiens que l'heure de mourir

Vient de sonner pour eux !... Soudain le cri de guerre :

Mort aux Français ! semblable au bruit sourd du tonnerre,

Gronde dans tous les rangs ; au sein des bataillons

Brillent, comme l'éclair, les damas, les tromblons.

Le cimeterre aux dents, l'envoyé du Prophète,

Sur son beau coursier blanc, marche, vole à leur tête ;

Son œil lance la flamme... Une hache à la main,

Il fond sur les Français... Mais le brave Martin,

Nouveau Léonidas, avec soixante braves,

Fait face aux Musulmans, les repousse. Être esclaves,

Nous dit–il, nous soldats, nous esclaves ! Jamais ! ! !

Vivre libre ou mourir fut toujours du Français

La devise ! Et du chef cette phrase électrique

Leur arrache un seul cri : Vive la République !...

Tous leurs coups ont porté... L'ange couvert de sang

Regarde autour de lui... la mort dans chaque rang...

Médéah, juillet 184...,

LE RÊVE DU SPAHIS.

Le soleil d'Orient a des rayons magiques
Qui pénètrent les cœurs de rêves érotiques
Et donnent soif de volupté.
                                    A. LUDGER.

Que ne suis-je sultan ! j'aurais un cimeterre

    Enrichi d'or, de diamants ;

    J'aurais un beau cheval de guerre ,

    A l'œil de flamme , aux crins luisants ;

    Il serait noir comme l'ébène ,

    Et, plus rapide que les vents ,

    Il franchirait d'un bond la plaine !...

J'aurais à mon turban le plus beau cachemire ;

    J'aurais cent belles au sérail ;

    Une sultane au doux sourire

    Viendrait, avec son éventail,

    Chanter l'amour près de ma couche ,

    Et je verrais ses dents d'émail

    Briller dans sa petite bouche !...

J'aurais , pour les combats, une nombreuse armée

    De timariots, de spahis,

    Et, pour prier dans la mosquée ,

    Un trône éclatant de rubis.

    Pour mes amis, j'aurais des salles

    Pleines de bains ; mes ennemis !

    J'aurais pour eux... du fer, des balles !...

Le jour j'irais souvent faire des promenades

    Dans mes jardins, sur mes canaux ;

    La nuit, j'aurais des sérénades

    A la lumière des flambeaux ;

J'aurais des chœurs, j'aurais des danses,
J'aurais des joûtes sur les eaux,
Où mes guerriers rompraient des lances !...

Mais, hélas ! je suis pauvre ; et n'ai sur cette terre
　　Que mon coursier, fidèle ami ;
　　Dans les fatigues de la guerre,
　　Sa vigueur n'a jamais faibli ;
　　Partageant mes dangers sans nombre,
　　Quand il faut fuir un ennemi,
　　Il part rapide comme une ombre ! ! !...

　　　　　　　　　　Blidah, août 18 i....

4

CHANT DE VICTOIRE DU MUFTI.

En guerre, les guerriers ! Mahomet! Mahomet !
Les chiens mordent les pieds du lion qui dormait...,

V. HUGO.

Quoi ! c'était une armée, et ce n'est plus qu'une ombre!
Ils se sont bien battus ! De l'aube à la nuit sombre,
Dans un cercle fatal ardents à se presser,
Les noirs linceuls des nuits sur l'horizon se posent.
Les braves ont fini......

LE MÊME.

Guerre ! guerre ! le clairon sonne ;

Guerre ! guerre ! le canon tonne ;

Enfants, voici les ennemis....

A la bataille qui s'apprête ,

Marchez , que rien ne vous arrête ;

Marchez rapides , mais unis ;
Que vos coursiers fendent la plaine ,
Marchez ,... leur défaite est certaine ;
Guerre ! guerre à mort aux roumis (1) !

La poussière se mêle à l'épaisse fumée ;
Le cliquetis du fer, le bruit de la mêlée ,
Le sifflement du plomb , le râle des mourants,
Les tambours, les tromblons et les hennissements
Frappent l'écho des monts d'une horrible harmonie ;
Enfants, que de leur sang la terre soit rougie !
Guerre ! guerre à ces faux croyants ! ! !...

Le trépas suit le cimeterre
Qui tourbillonne avide au sein des ennemis ;
Qu'ils tombent sous vos coups, comme on voit les épis ,
Sous le tranchant du fer, tomber, joncher la terre ! ..
Frappez , faites un lac du sang de ces roumis !

(1) Les chrétiens.

Ils avaient dit dans leur orgueil :
Encore une bataille, encore un jour de gloire !
Ils entonnaient déjà l'hymne de la victoire ;
Mais souvent, dans le port, l'esquif heurte l'écueil !
A côté du laurier croît le cyprès en deuil,
Et le champ de bataille est un vaste cercueil ;
A la fin d'un beau jour, souvent la nuit est noire !...

Allah ! tout roule, tout tombe.
Sur la terre, vaste tombe,
Sont couchés leurs escadrons !
Rouge de sang, noir de poudre,
Plus terrible que la foudre,
Ce guerrier qui s'élance au milieu des canons,
Ce guerrier qui vous guide au fort de la tempête,
Ce guerrier qui bondit et marche à votre tête,
C'est le grand Mahomet ! de Dieu c'est le Prophète !
Enfants, courage..., nous vaincrons !

Voyez, voyez quel carnage !
Des chrétiens, voyez la rage !

Ces hommes sont des démons ;
Mais nos guerriers , en partage ,
Ont la ruse et le courage :
Ils sont serpents et lions !

Vous n'avez plus de plomb ? vous n'avez plus de poudre ?
Eh bien ! de ces chrétiens laissez gronder la foudre !
Saisissez vos poignards, vos sabres recourbés ;
Armez-vous du damas qui fait rouler les têtes ,
Volez ,... il faut briser ce mur de baïonnettes
Qui protége les flancs des bataillons carrés.

Allah ! c'est maintenant que la bataille est belle !
Aux rayons du soleil, l'arme blanche étincelle ;
La hache tourbillonne et lance des éclairs ;
Du fer heurtant le fer s'élance l'étincelle ;
Sur nos burnous si blancs, le sang jaillit , ruisselle,
Et mille cris confus s'élèvent dans les airs !...

Gloire ! gloire au Croissant ! la bataille est gagnée !...
    Au tumulte de la mêlée,

Au sourd grondement du canon ,

Au retentissement des sonores cymbales ,

Au long hennissement des rapides cavales ,

Au fracas de la poudre , au sifflement des balles ,

Aux mâles accents du clairon ,

Aux terribles éclats de l'obus , aux menaces ,

Au bruit du fer heurtant les casques, les cuirasses ;

A ce désordre affreux qu'engendrent les combats,

A succédé soudain le plus morne silence :

Les chrétiens sont vaincus ! Guerriers , votre vaillance

A réduit au néant ces insolents soldats.

Ils sont là couchés tous sur la terre rougie...

Pas un n'a survécu ; pas un , de sa patrie,

Ne reverra le sol qui fit battre son cœur ;

Pas un ne reverra sa famille chérie.

Guerriers, gloire au Croissant ! gloire à votre valeur !...

Alger, août 184....

LE RENDEZ-VOUS.

BALLADE.

A Mlle Justine A....

> L'instant est si prospère !.....
> Nulle étoile n'éclaire
> Ta marche solitaire....,
> Pourquoi ne viens-tu pas ? ...
> *(Fra-Diavolo).*

L'heure s'envole, le jour baisse,

  Hélas !

Mon âme s'ouvre à la tristesse...

  Il ne vient pas !

Un horrible soupçon m'oppresse ;
Seigneur,
Me faut-il croire à sa promesse?
Est-il trompeur?

Hier encore, il était fidèle ;
Depuis,
Son cœur serait-il infidèle?...
Ah! je frémis!...

Il me disait dans la prairie :
Toujours
Je veux t'aimer, ma douce amie ;
A toi mes jours!...

Rose, mon bien, mon espérance,
Je veux,
Par mon amour et ma constance,
Combler tes vœux!

N'as-tu pas mes serments? Espère...
    Demain ,
J'irai demander à ton père ,
    Rose , ta main !

Mais déjà l'ombre vers la plaine
    Descend ;
J'écoute et retiens mon haleine ,
    Rien ne s'entend.

En vain, j'attends ! le jour s'efface ;
    Julien
Me laisse seule , et dans l'espace
    Je ne vois rien !

Plus de doute ,... je suis trahie !
    Pourtant ,
Il m'avait juré pour la vie
    Amour constant !

Adieu ! soupirs , serments , constance ;
            Adieu !
Adieu mes rêves d'espérance !
        En vous, mon Dieu ,

En vous seul , ô Seigneur, j'espère !
            Mon sort
Est désormais dans la prière
        Jusqu'à la mort !

Adieu , parents ! adieu, compagnes ;
            Ruisseaux ,
Qui descendiez de nos moutagnes !
        Adieu, côteaux ,

Vallons , où l'ingrat qui m'oublie,
            Souvent
Venait égayer son amie
        Par un doux chant !

Adieu, vous que tant je regrette,
Bosquets,
Où je préparais pour sa fête
Gentils bouquets !

Adieu, plaisirs de la prairie,
Troupeaux
Qui paissiez sur l'herbe fleurie !
Adieu, hameaux !

Quelle est ta dot, ô fiancée ?...
Douleurs !...
Et désormais ta destinée ?...
Souffrance et pleurs ! ..

Et toi, par qui je fus trompée,
Méchant !
Toi, par qui je fus délaissée !...
Grand Dieu, ce chant !...

C'est Julien , c'est sa voix chérie ;

C'est lui!...

Viens dans les bras de ton amie ,

Viens , cher ami!!!...

Matha (Charente-Inférieure), septembre 18í....

AMOUR.

SONNET.

> O amor! ....
> Gonzalo de CORDOBA.

> Mais vivre sans amour, c'est vivre en un tombeau!...
> Léon BUQUET.

> Sur la terre,
> Il n'est guère
> De beau jour
> Sans l'amour,....
> *Jeune fille aux yeux noirs.*

Aimer est le premier besoin de la jeunesse ;
Heureux temps que celui des premières amours !
Doux regards, doux serments de s'adorer toujours,
Longs baisers, longs soupirs, intarissable ivresse !...

Tout reconnaît ses lois : indigence et richesse ;
Il entre sous le chaume , il règne dans les cours ;
En tout temps, en tous lieux, il embellit nos jours ;
Il fait battre le cœur de la froide vieillesse! .

Il soulage nos maux , il calme nos douleurs ;
Sur nos yeux , d'un sourire il arrête les pleurs...
Il rend bon le méchant, il rend pieux l'impie ;

Il ranime l'espoir au cœur des malheureux ;
Il dit à l'exilé : Tu verras ta patrie ;...
Au fidèle, du doigt, il désigne les cieux!...

Rochefort, octobre 184....

JE VEUX T'AIMER.

A Mᵐᵉ SYLVIE G.....

.... Puis pose sur mon sein , pose ta tête blonde,
Et dans tes bras de neige, ô mon ange! prends-moi,
Enlève les liens qui m'attachent au monde;
Je voudrais être libre, et partir avec toi.

THORARENSEN.

Je veux t'aimer avec ardeur,

D'un amour pur, constant, sincère;

Je veux t'aimer comme une sœur;

Veux-tu m'aimer comme ton frère?...

Je veux t'aimer comme l'oiseau
Aime son nid sous le feuillage,
Comme le pâtre son troupeau,
Le voyageur un frais ombrage ;

Je veux t'aimer, car l'Éternel,
Auprès de la vierge Marie,
Garde une place dans le ciel...
Cette place est pour toi, Sylvie !...

Je veux t'aimer, car dans tes yeux
Brille la sainteté des anges ;
La voix de tous les malheureux
De ton nom chante les louanges.

Je veux t'aimer, car ton amour
Épure, embellit, vivifie...
Et dans l'espace d'un seul jour,
En vrai croyant change l'impie.

Je veux t'aimer, t'aimer toujours ;
Je veux t'aimer jusqu'au délire...
A toi mon cœur, à toi mes jours,
A moi ton céleste sourire ! ! !...

Barbezieux (Charente), novembre 184...

TRISTESSE.

A Mlle ÉGLANTINE B....

Si belle avec ce cœur d'acier?
V. HUGO.

Pourquoi ce noir chagrin ? pourquoi ce front sévère ?
Qui peut troubler ainsi l'azur de tes beaux yeux ?
Pourquoi ne plus m'aimer ? ne suis-je plus ton frère ?
Églantine,... il n'est plus pour moi de jours heureux !

Ton cœur jusqu'à ce jour, à l'abri de l'orage,
N'a point encor subi l'étreinte du malheur ;
Mais mon cœur a déjà souffert plus d'un naufrage !...
Églantine,... pour moi, plus de jours de bonheur !...

Tu n'es point d'ici-bas, ton corps n'est pas de fange ;
Tout en toi, tout nous dit que tu descends des cieux.
Pour mon malheur, hélas ! j'ose adorer un ange...
Eglantine,... il n'est plus pour moi de jours heureux !...

Ma bouche ne saurait te dépeindre ma flamme ;
Que ne puis-je à tes yeux dévoiler tout mon cœur !....
Oh ! tant d'amour sans doute attendrirait ton âme !. .
Églantine,... pour moi, plus de jours de bonheur !...

J'accomplirais pour toi les plus grands sacrifices ;
Pour ouïr de ta voix doux propos, doux aveux,
Je braverais gaîment les plus affreux supplices !...
Églantine,... il n'est plus pour moi de jours heureux !

Dissipe, au nom du ciel, la douleur qui m'obsède ;
D'un cœur presque flétri, viens ranimer l'ardeur ;
A mes cuisants chagrins apporte un prompt remède,
Églantine, et pour moi renaîtra le bonheur !...

· Cognac, décembre 18î,...

FRAGILITÉ.

A M. Chatelain fils.

> Tout n'est que vanité,
> Mensonge, fragilité.
>
> Cantique.

Oh ! que ton règne est éphémère,
Pauvre rose que j'aime tant !
A peine as-tu vu la lumière
Qu'il te faut rentrer au néant !
Sur ta corolle purpurine,
Le vent a brisé l'étamine,

Ton éclat est près de pâlir !
De ton doux parfum qui s'efface,
L'abeille en vain cherche la trace...
Pauvre rose, il te faut mourir !

Reine, et des fleurs la plus jolie,
Touchant symbole de l'amour,
Pourquoi briller épanouïe,
Naître et mourir le même jour ?
Le matin, bouton frais et rose ;
A midi, belle et toute éclose,
Hélas ! où seras-tu demain ?
Le soir te voit tomber fanée,
Et sur ta tige desséchée,
Le papillon te cherche en vain !...

Comme la fleur, comme la rose,
Tout naît, tout meurt le même jour ;
Ainsi naît et meurt chaque chose,
Ainsi naît et s'éteint l'amour ;

Ainsi la gloire est éphémère,

Ainsi, la beauté passagère ;

Nul ne doit croire au lendemain…

Dieu seul est exempt de ruine,

Dieu seul n'a point eu d'origine,

Dieu seul n'aura jamais de fin ! ! !…

Toulouse, mai 185…

LÉGÈRETÉ.

A M. LE CAPITAINE GUYOT.

> Buvons la coupe de la vie
> Pendant qu'elle est entre nos mains.
> A. DE LAMARTINE.

La rose est belle, mais fragile,
Ami, je le sais comme toi ;
Je sais que fleur tendre et débile,
Éclat, fraîcheur, tout passe en soi.

Mais si la rose est éphémère,
Si son règne n'est que d'un jour,
Moins elle brille à la lumière,
Plus elle plaît à notre amour !

Qu'importe que de sa coûronne,
Sur le gazon des prés fleuris,
Le vent qui souffle et la moissonne,
Disperse les larges rubis !

Quand, de son gracieux calice,
Le parfum s'est évaporé ;
Pour que notre âme encor jouisse,
Le lys par nous est préféré.

Ainsi, la nature est changeante ;
Et lorsque tout paraît finir,
On voit près de la fleur mourante
Une autre fleur s'épanouir.

4.

Des sages leçons d'Épicure,
Poëte instruit dès le berceau,
Du plaisir qui fuit, sans murmure,
Je cours vers un plaisir nouveau.

Dans mon insouciante ivresse,
Partout où je pose mon cœur,
Ainsi qu'aux bras d'une maîtresse,
Je trouve partout le bonheur.

Et quand de mon heure dernière
Le coup suprême aura tinté,
Pour le ciel quittant notre sphère,
J'irai chercher la volupté !

                              CHATELAIN fils.

Toulouse, mai 185..

GUERRE AUX ANGLAIS.

A L'ARMÉE.

... . La garde, avait-il dit, meurt et ne se rend pas!.. •
C. DELAVIGNE.

.... Je voudrais voir armé pour la destruction,
Un peuple de soldats submerger Albion,
Et broyer sous le fer cette hydre aux quatre têtes...
PONCY.

Un jour de terrible bataille,
Quand les boulets et la mitraille
Frappaient nos plus vaillants soldats ;
Quand l'ennemi criait victoire,

Et nous volait un jour de gloire,

Lui, vaincu, terrassé, dans plus de cent combats;

A Waterloo, grand cimetière,

Quand, pleins de sang et de poussière,

Tous succombaient : hommes, chevaux;

Quand les rangs se serraient encore

Autour du drapeau tricolore,

Dont il ne restait plus que l'aigle et des lambeaux;

Quand une si brillante armée

Fut presque toute décimée;

Quand tout fut perdu sans retour,

Quand eut péri la jeune garde,

Alors on vit la vieille garde

S'avancer comme un mur pour tomber à son tour!...

Vieux grenadiers, troupe terrible,

De héros cohorte invincible,

Marchez, .. marchez,... Léonidas

Conduit la tête de colonne ;

Marchez ,... l'intrépide Cambronne

A dit : Le Français meurt, mais il ne se rend pas !....

Au sein d'une horrible mêlée,

Tout noirs de poudre et de fumée,

Dédaignant le feu du canon ,

Ils se ruèrent tous ces braves.,.

Mourir plutôt que d'être esclaves !

Telle était leur devise... Y faillirent-ils ? Non !...

Lui-même, abattu, triste, sombre ,

Quand il eut vu contre le nombre

Venir se briser la valeur ;

Saisissant sa terrible épée,

Il se jeta dans la mêlée,

Pour tomber à son tour en brave, en Empereur !...

Mais la mort dont les coups rapides ,

Contre nos soldats intrépides ,

Aux Anglais prête son appui ;

Sous l'œil d'un si terrible athlète,

Inclinant sa hideuse tête,

Pour la seconde fois recula devant lui (1)....

Oui, près de toi, quoique tout tombe,

Tu dois échapper à la tombe

Et braver le fer des vainqueurs ;

Mais crains leur éternelle haine,

Ils te gardent, à Sainte-Hélène,

Un cachot, un geôlier et d'atroces douleurs !...

Insensé, qui croyait que la Grande-Bretagne

Verrait avec orgueil ce nouveau Charlemagne !...

(1) Au pont d'Arcole, Bonaparte descendit de cheval, saisit un drapeau et s'élança sur le pont en s'écriant : Soldats, n'êtes-vous plus les braves de Lodi?.... Suivez-moi !. . . . . .
. . . . . , ...

A Waterloo, les généraux qui entourent l'Empereur s'efforcent de l'arracher à la mort qu'il affronte comme un soldat. « La mort ne veut pas de vous, lui disent ses grenadiers, retirez-vous ! »

Confiant, il venait, des enfants d'Albion,
Au foyer protecteur réclamer une place....
Du Léopard anglais il voulait voir la face....
Le Léopard trembla devant notre Lion!...

Un seul homme, au milieu de ce pays infâme,
Un seul pouvait, un seul, concevoir ta grande âme;
Un seul peut près de toi dormir au Panthéon;
C'est lui dont les accents, à la Grèce indignée,
Parlaient de liberté!... Ce moderne Tyrtée,
Ce soldat, ce poète,... il s'appelait Byron!

Notre Empereur n'est plus, vengeance! L'Angleterre
En tuant le Héros nous déclara la guerre;
Eh bien! nous l'acceptons... France, ton peuple dort...
Levons-nous, comme aux temps du conquérant Guillaume;
Que le fer et le feu, de ce vaste royaume,
Fassent un vaste champ de carnage et de mort[1]...

Levons-nous, levons-nous, le jour des représailles

Est arrivé ; marchons, c'est le jour des batailles !...
La gloire nous attend à l'étranger,... marchons !...
Le sang de l'Empereur nous demande vengeance ,
Marchons !... Et toi, Louis (1), des guerriers de la France
Viens guider au combat les nombreux bataillons ! ! !...

(1) Napoléon III.

Toulouse , juin 185...

MUY HERMOSA.

A Mlle AMÉLIE R....

> Vous êtes, en effet, bien belle, jeune reine;
> Vous vous faites d'amants une cour souveraine.
>
> Junior CAZALIS.

Qui de vous ne connaît la charmante Amélie?

Qui de vous peut la voir sans en être amoureux?

    Pour moi, je l'aime à la folie;

    Je passerais toute ma vie

    A contempler ses jolis yeux !

Oh! si vous entendiez sa voix mélodieuse,
Quand elle erre, le soir, seule dans le jardin....
    Oh ! si vous la voyiez rêveuse !
    Dieu ! si vous la voyiez joyeuse,
    Quand un bouquet pare son sein !

Heureux qui peut la voir, quand à son col d'ivoire
Sa petite main blanche attache le collier !
    Voyez sa chevelure noire,
    Plus noire que sa robe noire....
    Et tous il vous faudra l'aimer !

Pour lui dire un seul mot, j'irais au bout du monde ;
J'exposerais mes jours pour voir un seul instant
    Son pied mignon, sa jambe ronde,
    Quand, folâtre, elle fait la ronde
    Et que sa robe flotte au vent !

Si j'étais un grand roi, le chef d'un vaste empire,
Je lui donnerais tout : villes, trésors, palais ;

Mais, hélas! je n'ai que ma lyre,
Un cœur qui l'aime avec délire,
Des chants pour vantèr ses attraits!....

Toulouse, juillet 185....

MADRIGAL.

A Mme SYLVIE G....

.... Je vous aime de tout mon cœur, de
toute mon âme, de toutes mes forces!

PRIÈRE.

Mon cœur brûlant d'amour est tout à toi, Sylvie ;
Tes yeux, tes beaux yeux noirs ont vaincu ma froideur ;
A tes genoux, tu vois un amant qui t'adore.

Mais, toi, veux-tu m'aimer, ô mon ange ! ô ma vie ?
Réponds, veux-tu m'aimer toujours avec ardeur ?
Toujours, dis-tu, toujours ? Ah ! dis, répète encore !!!...

Bordeaux, août 185....

ÉLÉGIE.

A Mᵐᵉ ALIX C.... SUR LA MORT DE SON FILS.

> Mères, l'enfant qu'on pleure et qui s'en est allé,
> Si vous levez vos fronts vers le ciel constellé,
> Verse à votre douleur une lumière auguste,
>   V. HUGO.

Pauvre mère, quelle souffrance !

Quel rude coup brise ton cœur !

Hélas ! la sainte Providence

Te gardait un bien grand malheur !

5

Déjà sa jeune intelligence
Nous présageait dans l'avenir
Tant de succès, tant d'espérance;...
Mais tout vient de s'évanouir !

Qu'on l'aimât tant n'est pas étrange,
C'était sa mère, trait pour trait....
Aussi, Dieu vient d'en faire un ange...
Pour nous, il était trop parfait !

Du sein de la divine sphère,
Du haut du céleste séjour,
Contemple, enfant, ta bonne mère,
Qui t'aimait d'un si pur amour !

Pour calmer sa douleur profonde,
Viens un instant du haut des cieux;
Dis-lui que, dans ce triste monde,
Nul n'est complètement heureux !

Fais que sa tristesse s'efface ;
Console-la , céleste enfant... ..
Près du Seigneur , garde une place
Pour ta mère qui t'aimait tant.

Et toi, dont l'ardente prière
Monte souvent vers le saint lieu,
Sèche tes pleurs, ô tendre mère !
Ton fils est dans les bras de Dieu ! ! !...

Toulouse , août 185....

CHANSON.

A MES AMIS.

.... Buvons, car peut-être un naufrage
Finira demain
Notre destin !
ZAMPA.

Nunc vino pellite curas.
HORACE.

Amis , buvons , buvons sans cesse ,

Noyons nos soucis dans le vin ;

Buvons , car souvent la jeunesse

Heurte la mort en son chemin !

Peu m'importe que de leurs belles,
Certains galants soient fort jaloux ;
Peu m'importe qu'à leurs époux
Les dames soient très-peu fidèles ;
Peu m'importe qu'à la victoire
Courent nos soldats belliqueux....
Pourvu qu'en paix je puisse boire,
Vive Bacchus ! je suis heureux.

Amis, buvons, buvons sans cesse,
Noyons nos soucis dans le vin ;
Buvons, car souvent la jeunesse
Heurte la mort en son chemin !

Peu m'importe la politique ;
Peu m'importe que mon pays
Veuille pour roi Charles ou Louis,
L'empire ou bien la république ;
Peu m'importe que notre histoire
Arrive jusqu'à nos neveux.....

Pourvu qu'en paix je puisse boire,
Vive Bacchus ! je suis heureux.

Amis, buvons, buvons sans cesse,
Noyons nos soucis dans le vin ;
Buvons, car souvent la jeunesse
Heurte la mort en son chemin !

Posséder le cœur d'une blonde,
D'une brune avoir la faveur,
M'importe peu ; je suis buveur,
Pour du vin je vendrais le monde.....
Aussi, peu m'importe la gloire,
Je ne suis pas ambitieux,
Pourvu qu'en paix je puisse boire,
Vive Bacchus ! je suis heureux.

Amis, buvons, buvons sans cesse,
Noyons nos soucis dans le vin ;
Buvons, car souvent la jeunesse
Heurte la mort en son chemin !

Peu m'importe que l'opulence
Eclate chez le souverain ;
Peu m'importe que le tocsin
D'un peuple sonne la vengeance ;
Peu m'importe le purgatoire,
L'enfer, ses démons et ses feux.....
Pourvu qu'en paix je puisse boire,
Vive Bacchus ! je suis heureux.

Amis, buvons, buvons sans cesse,
Noyons nos soucis dans le vin ;
Buvons, car souvent la jeunesse
Heurte la mort en son chemin !!!...

Toulouse, septembre 185....

LE MIROIR DE LA VÉRITÉ.

FABLE.

A M. LE CAPITAINE B......, MON EXCELLENT AMI.

> Oui, Sire, par l'adulation les vices des
> grands se fortifient; leurs vertus mêmes se
> corrompent.
>
> MASSILLON.

Par une magique influence,

Au sein d'un peuple curieux,

Un miroir présentait aux yeux,

Outre une entière ressemblance,

A chacun ses défauts, ses vices, ses travers :

L'un s'y voyait méchant, pervers,

Un autre violent, colère ;

Celui qui passait pour sincère

Etait un fourbe, un imposteur ;

Tel qu'on croyait plein de valeur,

Etait rangé parmi les lâches ;

Enfin, dans ce miroir du cœur,

Tous clairement voyaient leurs taches.

Le prince, passant par ces lieux,

Voulut aussi voir son image :

On le disait prudent et sage,

Bon, brave, juste, généreux ;

Au bonheur de son peuple il consacrait ses veilles....

Les courtisans de lui ne citaient que merveilles.

Le prince donc, se voulant voir,

S'avance au milieu de la place ;

Chacun lui cède le miroir :

Mais son regard à peine a plongé dans la glace,

Qu'il fait une horrible grimace

Et se retire tout confus.

On le disait plein de vertus ;

Mais de la vérité le sévère langage
D'un odieux tyran lui présentait l'image :
Il se voyait perfide, inhumain, dépravé,
Sans noblesse, sans cœur, sans foi, sans loyauté,
Hypocrite, orgueilleux, ingrat, avare, impie,
Et dans l'intempérance il consumait sa vie ;
Pour tout dire, en un mot, c'était un homme affreux,
Indigne de régner, car c'est du Roi des cieux
Que les rois d'ici-bas doivent offrir l'image.

Seigneur, lui dit alors un sage,
Le ciel veut vous donner une bonne leçon :
Voyez la vérité, le miroir a raison ;
Désormais de la cour chassez la flatterie ;
Chassez les courtisans, réformez votre vie ;
D'hommes sages, prudents, sincères, croyez-moi,
Peuplez votre palais, et si, sur cette place,
Vous revenez un jour contempler votre face,
Dans le miroir, alors, vous verrez un bon roi !

Toulouse, septembre 185....

J'AI DU GUIGNON.

RONDEAU.

J'ai du guignon, dit le propriétaire :
Tout a péri, vin, blé, récolte entière !
Le libertin dit : J'ai bien du guignon,
Mon père encore est gai comme un pinson !
Le paresseux qui n'a pas de carrière,

Le gueux qui manque une riche héritière,
Le médecin qui vous met dans la bière,
Tout, ici-bas, répète à l'unisson :
    J'ai du guignon !

Bref, tout le dit : soldat, marchand, notaire,

Mari qu'on trompe, homme de loi, corsaire,

Le forçat même au sein de sa prison,

Chacun répète à tort comme à raison,

Chacun redit : Le sort m'est bien contraire,

      J'ai du guignon !

Blagnac, octobre 185....

VERTU DU VIN.

CHANSON.

Sur l'air du : *Pas redoublé de Louis-Philippe.*

> .... Le raisin n'a pas été fait pour
> pourrir sur la vigne.
> Capitaine MARRYAT.

O vin !

Noble fils du raisin,

Viens, des pauvres humains,

Viens ici-bas dissiper les chagrins !

Bis.

Un chanoine était moribond ;
D'un vin vieux la saveur magique
L'a rendu frais et rubicond,
Et depuis il est toujours rond !

          O vin !
     Noble fils du raisin,
     Viens, des pauvres humains,
Viens ici-bas dissiper les chagrins !

     De la mort as-tu peur?
     En franc buveur,
     Soir et matin,
     Bois du bon vin ;
     Cette liqueur   } *Bis.*
Doit te donner des jours sans fin !

De tous maux bannir la douleur,
Changer la faiblesse en vigueur,
     Rendre joyeux et badin,
C'est ce que peut un verre plein !

De la mort as-tu peur ?

En franc buveur,

Soir et matin,

Bois du bon vin ;

Cette liqueur

Doit te donner des jours sans fin !

O vin !

Noble fils du raisin,

Viens des pauvres humains,

Viens ici-bas dissiper les chagrins !

Bis.

Un meunier vigoureux et sain

Supposait sa femme stérile ;

Il se met à boire, et soudain

Les marmots pleuvent au moulin !

O vin !

Noble fils du raisin,

Viens, des pauvres humains,

Viens ici-bas dissiper les chagrins !

Prenez un vieux barbon,

Froid, sans passion,

Je veux soudain

Qu'un verre plein,

Du vieux grison

Fasse le plus franc libertin !

Bis.

Du vieillard ranimer l'ardeur,

Réveiller, rajeunir son cœur,

Le transformer en lutin,

C'est ce que peut un verre plein !

Prenez un vieux barbon,

Froid, sans passion,

Je veux soudain

Qu'un verre plein,

Du vieux grison

Fasse le plus franc libertin !

O vin !

Noble fils du raisin,

Viens, des pauvres humains,
Viens ici-bas dissiper les chagrins !

Un berger qui boit beaucoup d'eau,
Ne pouvant séduire sa belle,
Un jour songe à boire au tonneau,
Et la belle est au pastoureau !

O vin !
Noble fils du raisin,
Viens, des pauvres humains,
Viens ici-bas dissiper les chagrins !

Si tu veux d'un tendron,
Jeune garçon,
Brûlant d'ardeur,
Toucher le cœur,
Un vieux flacon •
Peut te changer en séducteur.

Bis.

Auprès d'une jeune beauté,

Bannir toute timidité ,
Rendre grivois et malin ,
C'est ce que peut un verre plein !

    Si tu veux d'un tendron ,
    Jeune garçon ,
    Brûlant d'ardeur ,
    Toucher le cœur ,
    Un vieux flacon
Peut te changer en séducteur !

    O vin !
   Noble fils du raisin,
  Viens, des pauvres humains,   } *Bis.*
Viens ici-bas dissiper les chagrins !

        Saint-Martin-du-Touch, décembre 185....

SOUVENIRS.

I.

A M. Léon Buquet, sur son livre de poésies
(*Miscellanées*).

> Oh! conserve-la cette flamme
> Qui brille dans tous tes écrits :
> Tu fais, en parlant à leur âme,
> De tes lecteurs autant d'amis.
>
> A. de Chesnel.

O Léon! de ta poésie

J'aime le rhythme, l'harmonie :

Tes accents font couler mes pleurs ;

Ils rendent douce l'existence ;

De la douleur , de la souffrance

En nectar ils changent le fiel ;

Par eux, on sait souffrir, sourire.....

Les accords de ta sainte lyre

Nous montrent le chemin du ciel !.....

II.

DIZAIN.

A MON AMI CHAR...... DE MÈZE.

> L'amitié jamais ne chancelle ;
> Souvent le pied glisse à l'amour.
> P. DE KOCK.

Cher ami, que de fois ton image riante

A séché sur mes yeux des larmes de douleur !

Rêver à toi, c'était pour mon âme souffrante

Le comble du bonheur ;

C'était un baume salutaire ;

C'était..... Mais ai-je donc cessé de te chérir?

Non!... jamais, et Dieu sait que ma bouche est sincère,

Mon amitié pour toi ne saurait s'attiédir,

  Et jusqu'à mon dernier soupir,

  Je t'aimerai comme mon frère!...

III.

IMPROMPTU

A L'OCCASION D'UNE COURONNE DE FLEURS LANCÉE SUR
LE THÉATRE DE BAYONNE, A Mme LÉON BIZOT.

  Sa voix mélodieuse,

  Ses suaves accents,

 Écoutez, écoutez... la note harmonieuse

Naît, grandit, roule, éclate et se perd en ses chants,

  O femme ravissante!

  Dont le jeu nous enchante,

  Dont la voix nous rend fous,

Nous seras-tu constante?

Parmi nous reste et chante;

Reste encor parmi nous.....

Mais si tu pars, avant de quitter cette plage,

Reçois de notre amour, reçois un témoignage,

Ces fleurs, hélas! bien faible gage;

Reçois de nos regrets, reçois ces fraîches fleurs,

Et qu'à jamais cette couronne

Te rappelle que dans Bayonne

Ta voix fit battre tous les cœurs!.....

IV.

A Mlle M. J., EN LUI ENVOYANT DES JARRETIÈRES
POUR LE JOUR DE SA FÊTE.

Vous qui sous sa robe flottante,

Son blanc jupon,

Contemplez de ma jeune amante

Le pied mignon;

Vous qui pressez sa jambe fine

      Et faite au tour,

Dont le contour est plein de grâce ;

Que je voudrais à votre place

      Être un seul jour !

V.

BILLET FIXÉ AU CORSET DE Mme SYLVIE G......

O toi qui dois presser le sein,

Plus blanc mille fois que l'albâtre,

De la beauté que j'idolâtre,

Gentil corset, que ton destin

Est heureux !.... A ma douce amie

Exprime le feu de mon cœur,

Et jure-lui que mon ardeur

Ne finira qu'avec la vie !!! ....

VI.

ÉCRIT SUR LE LIVRE D'HEURES DE Mlle MARIA R.....

Qui tout le jour occupe ma pensée?
A chaque instant, qui fait bondir mon cœur?
Pendant la nuit, quelle image adorée
S'offre à mes yeux dans un rêve enchanteur?
  C'est une blonde jeune fille,
  Que mon cœur toujours aimera.....
   C'est Maria!

Avec le nom de Dieu, dans sa prière,
Qui doucement mêle mon nom le soir?
Qui fait l'orgueil, le bonheur de son père?
Qui de sa mère est l'amour et l'espoir?
  C'est une fée aux mains d'ivoire,
  Que mon cœur toujours aimera.....
   C'est Maria!

VII.

À Mme Sylvie G...... sur un cadeau de premier
jour de l'an.

Ce que je t'offre est peu de chose,
Sylvie, et j'en suis tout confus;
Pourtant j'espère qu'un refus
N'osera pas sortir de ta bouche de rose!

VIII.

A Mlle Marguerite J.... en lui envoyant un flacon
de senteur.

Si, de ce flacon de senteur,
On suppose que chaque goutte
Devienne une vertu... Sans doute
Il en aura moins que ton cœur!

5.

IX.

A Mme SYLVIE G...... EN LUI ENVOYANT UN LIVRE DE
PRIÈRES.

Lisez, lisez souvent la divine Écriture,
Pour tous les malheureux implorez le Seigneur ;
Mais, Sylvie, en songeant à notre Créateur,
Ne m'oubliez pas trop, moi, pauvre créature !...

X.

SUR UN RUBAN QUE J'AVAIS REÇU DE MA SŒUR.

Joli ruban donné par Coralie,
Tu seras toujours sur mon cœur ;
Et si jamais dans le malheur
Ma bouche maudissait la vie,
Tu me diras : Plus de douleur,
Car une sœur, tendre et chérie,
Fait mille vœux pour ton bonheur !...

NUGÆ.

1.

ÉPIGRAMME.

En vain vous chercheriez une femme discrète !
   Du moins c'est l'homme qui le dit.
   Il faut que ce sexe maudit
   Toujours jase, toujours caquette !
   Or, savez-vous à quel oiseau
   L'homme compare son amie !
   Le dirai-je ?... c'est à la pie !
Mais quand il juge ainsi, l'homme est un étourneau ;
Car ces oiseaux bavards, images de nos belles,
Ces oiseaux, beaux messieurs, ne sont pas tous femelles !

II.

ANAGRAMME.

Je suis un fleuve , ami lecteur ,
Et coule au sein d'une contrée ,
Qui , par mes eaux fertilisée ,
Trouve en moi richesse et bonheur.
Retourne-moi , le flot s'efface ,
Une plante naît à sa place.....
Utile encore cette fois ,
Je sers de vêtement aux sujets comme aux rois.

III.

L'ÉPITAPHE D'UN GASCON.

Ici gît un Gascon qui fut homme de cœur !...
Sans doute il succomba dans les champs de Bellone ?

Non, certes.... Mais un jour, tombé dans la Garonne,
Il mourut sans pousser un seul cri de douleur!

IV.

A L'OCCASION D'UN BŒUF QUE DES CHASSEURS AVAIENT TUÉ, LE PRENANT POUR UN SANGLIER (1).

Un bœuf, qu'est-ce? c'est un sanglier.

Vous voulez rire, j'imagine?

La hure de ce carnassier

Jamais, d'une tête bovine,

N'offrit ni l'aspect ni la mine ;

Pourtant, messieurs, ces jours derniers

On décréta (c'est bien vergogne !)

Que les chasseurs de la Bourgogne

Prendraient les bœufs pour des sangliers !

(1) Ce fait, rapporté dans l'*Union bourguignonne*, est reproduit dans un journal de Toulouse (l'*Aigle*, 24 septembre 1853).

V.

L'EPITAPHE D'UN IVROGNE.

Ci-gît un ivre-mort, le plus grand hydrophobe
Qui sur terre ait jamais paru !
Pour un verre de vin, il eût brûlé le globe ;
Pour un verre, il l'aurait vendu !

VI.

L'ORTHOGRAPHE DU MOT OBUS.

Quelques-uns, et c'est un abus,
Disent : L'obus est *une* obus ;
D'autres (il faut être bien buse !)
Disent : *Un obuse, une obuse ;*
Nous, artilleurs, plus entendus,

Nous soutenons, et *mordicus*,
Qu'il faut toujours dire : *Un obus!*

VII.

L'ÉPITAPHE D'UN PARESSEUX.

On ne serait pas mal sur terre
Si l'on y pouvait bien dormir;
Mais le moyen d'y réussir
Quand tout vous déclare la guerre?
Sous terre, au moins, c'est un plaisir,
Chacun y dort tout à loisir.
Au trouble, aux bruits de l'autre vie,
Je préfère cent fois ce paisible séjour.
Ici jamais rien ne m'ennuie,
Et je repose nuit et jour!...

VIII.

Acrostiche sur Clarisse.

Comment toucher ton cœur, adorable Clarisse !
Le plus sincère amour ne peut donc t'émouvoir ?
Ah ! mets, je t'en conjure, un terme à mon supplice !
Renonce à tes rigueurs ! donne-moi quelque espoir !
Ingrate ! voilà donc le prix de ma constance !
Sais-tu tout ce que j'ai souffert de ta froideur ?
Sais-tu.... Clarisse, un mot, un regard de douceur,
Et mon cœur va soudain renaître à l'espérance !

IX.

Épigramme.

C'est un plaisir, c'est un bonheur
De voyager par la vapeur,

Disent quelques marchands avides ;

Les voyages sont si rapides !

Le boulet qui sort du canon

Marche moins vite qu'un wagon.

Mais quand un malheur se présente ,

Aussitôt chacun se lamente ;

Savez-vous, se dit-on , en proie à la frayeur ,

Le funeste accident, le terrible malheur?

Ah! quelle fut mon imprudence !

Que n'ai-je pris la diligence !

Dit un blessé. J'aurais, hélas !

Encor mes jambes et mes bras !

Quant aux morts , ils ne parlent pas !

Vous qui tenez à l'existence ,

Quand il vous faudra voyager ,

Prenez toujours la diligence ;

Et fuyez à jamais ces chemins de l'enfer ,

Qu'on nomme des chemins de fer !

X.

L'ANAGRAMME DE MIRABEAU.

A Mme EUPHRASIE A....

De Mirabeau, votre désir
Est que je cherche l'anagramme?
Je vais l'entreprendre, Madame;
Heureux si je puis réussir!
Il est, si j'ai bonne mémoire,
Il est constaté par l'histoire,
Que notre bouillant orateur
Était laid, laid à faire peur,
Laid au moral comme au physique.....
Pourtant dans ce marquis cynique,
Sa femme, qui l'a tant flétri,
Malgré l'histoire et la critique,
Aurait pu voir un beau mari....

FIN

TABLE.

182 TABLE.

NUGÆ.

TOULOUSE, IMP. CHAUVIN ET FILLES, RUE MIREPOIX.